KB112793

금오신화

金鰲新話

세계문학전집 204

금오신화

金鰲新話

김시습

이지하 옮김

민음사

차례

일러두기

1. 번역은 명치본과 대련본을 함께 참고하였다.
2. 한시는 행을 바꾸어 처리하고, 따로 주석을 달아 작품 말미에 원문(대련본)을 수록하였다.
3. 필요한 부분에는 주석을 달아 이해를 돕고자 하였으나 독서의 흐름이 끊기지 않는 범위 내로 한정하였다.

만복사에서 저포놀이를 하다

만복사저포기(萬福寺樗蒲記)

남원 땅에 양생(梁生)이라는 사람이 있었다. 그는 일찍이 부모님을 여의고 아직 결혼도 못 한 채 만복사의 동쪽 방에서 홀로 살고 있었다.

방 밖에는 배나무 한 그루가 서 있었는데 바야흐로 봄이 되어 배꽃이 흐드러지게 피었다. 그 모양이 마치 옥으로 나무를 깎은 것 같기도 하고, 은 무더기 같기도 하였다.

양생은 달빛이 그윽한 밤이면 늘 그 배나무 아래를 서성거리곤 했다. 낭랑한 목소리로 시도 읊었다.

한 그루 배꽃나무 외로움을 함께하누나.
가련하여라, 달 밝은 이 밤을 허송하다니.
젊은이 홀로 누운 외로운 창가로
어디서 아름다운 임이 퉁소를 불어 보내나.
물총새 쌍을 이루지 못해 외로이 날고

원앙도 짝을 잃고 맑은 물에 멱을 감네.
누구의 집에 약속 있나 바둑 두는 저 사람
한밤 등불꽃 점을 치며 창에 기대어 시름하네.[1]

시를 다 읊었을 때 홀연 공중에서 소리가 들려왔다.
"그대가 아름다운 배필을 얻고 싶다면 어찌 이루어지지 않을까 근심하리오?"
양생은 이 말을 듣고 마음속으로 기뻐하였다.
다음 날은 마침 삼월 스무나흘이었다. 이 고장에는 이날이면 만복사에 등불을 켜 달고 복을 비는 풍속이 있었다. 그날도 많은 남녀가 만복사에 모여들어 제각기 소원을 빌었다.

날이 저물고 범패[1]도 끝나자 인적이 드물어졌다. 양생은 법당으로 들어가 불상 앞에 섰다. 그러고는 소매 속에서 저포[2]를 꺼내어 앞으로 던지며 말하였다.
"제가 오늘 부처님과 더불어 저포놀이를 한판 하려고 합니다. 만약 제가 진다면 법연을 베풀어서 제사를 올리겠습니다. 하지만 부처님께서 지시면 아름다운 여인을 얻어 제 소원을 이루어 주셔야 합니다."
양생은 축원을 마치고 저포를 던졌다. 결과는 양생의 승리였다. 그는 즉시 불상 앞에 꿇어앉아 아뢰었다.
"일이 이미 정해졌으니 절대로 속이시면 안 됩니다."

---

1) 석가여래의 공덕을 찬양하는 노래를 말한다.
2) 원래는 나무로 된 주사위 같은 것을 던져서 승부를 겨루는 놀이였는데 조선에서는 윷을 저포라고 한 것이 아닌가 추정된다.

양생은 말을 마치고 불상을 모셔 놓은 자리 아래 숨어서 약속이 이루어지기를 기다렸다. 잠시 후 어떤 아름다운 여인이 나타났다. 나이는 열대여섯쯤 되었을까, 양 갈래로 땋아 내린 머리와 수수한 옷차림이 얌전한 아가씨였다. 하늘의 선녀나 바다의 여신처럼 아름다운 그녀는 바라볼수록 단정한 모습이었다.

여인이 기름병을 들어 등잔에 기름을 부은 후 향을 꽂았다. 그리고 부처 앞에 세 번 절을 올린 후 꿇어앉아 슬픈 한숨을 내쉬며 말하였다.

"사람의 인생이 아무리 박명한들 어찌 이와 같을까?"

그녀는 품속에서 축원문을 꺼내어 불상 앞 탁자 위에 바쳤다. 그 글의 내용은 다음과 같았다.

아무 고을 아무 지역에 사는 아무개가 아룁니다. 전에 변방의 방어가 무너져 왜구가 쳐들어왔을 때 칼날이 눈앞을 가득 채우고 봉화가 해마다 피어올랐습니다.

왜구들이 집들을 불살라 버리고 백성들을 노략질하니 사람들은 동서로 달아나 숨고 사방으로 도망가기 바빴습니다. 이 와중에 친척과 하인들이 뿔뿔이 흩어지고 말았습니다.

소녀는 냇버들처럼 연약한 몸으로 멀리 갈 수가 없었습니다. 그래서 규방 깊숙이 숨어 끝까지 정절을 지키고 깨끗한 행실을 보전하면서 난리의 화를 면하였습니다.

부모님께서는 딸자식이 정절을 지켜 낸 것을 기특하게 여기시고 한적한 곳으로 피신시켜 임시로 초야에 묻혀 살게 하셨습니다. 그게 이미 삼 년이 되었습니다.

하지만 가을 달밤과 꽃피는 봄날을 상심한 채 헛되이 보내면서 정처 없이 떠다니는 구름, 흘러가는 강물처럼 무료하게 하루하루를 보낼 따름입니다.

인적 없는 빈 골짜기에서 쓸쓸히 지내면서 박명한 한 평생을 한탄하였습니다. 또 맑게 갠 밤을 홀로 지새우면서 아름다운 난새[3]의 독무(獨舞)를 슬퍼하였습니다.[4]

날이 가고 달이 갈수록 혼백이 상해 가고, 여름낮 겨울밤에는 간담이 찢어지고 창자마저 끊어질 듯합니다. 부처님께서는 부디 연민의 정을 드리워 주시옵소서.

일생의 운명은 이미 정해진 것이고, 전생의 업보도 피할 수 없겠지만 저에게 부여된 운명에 인연이 있다면 어서 빨리 만나 즐거움을 누릴 수 있도록 해 주시옵소서. 간절히 비옵나이다.

여인은 글을 내던지고 소리를 내며 흐느껴 울었다. 양생은 틈새를 통해 여인의 자태를 보고 연정을 주체할 수 없었다. 그래서 불쑥 뛰쳐나가 여인에게 말을 건넸다.

"조금 전에 글을 올린 것은 무슨 일 때문입니까?"

여인의 축원문을 읽어 본 양생의 얼굴에는 기쁜 빛이 넘쳐흘렀다.

"그대는 어떤 사람이기에 홀로 여기에 왔습니까?"

여인이 대답하였다.

"소녀 역시 사람입니다. 무슨 의아한 일이라도 있으신지요?

---

3) 봉황류의 신령한 새로 금실이 좋다고 한다.
4) 자신의 신세가 짝을 잃고 홀로 춤추는 난새와 비슷하다고 슬퍼하는 것.

그대는 아름다운 배필만 얻으면 그만이지 이름은 물어 무엇하시렵니까? 그렇게 당황하실 것 없습니다."

이때 만복사는 이미 퇴락하여 승려들은 절 한구석에 머물고 있었다. 법당 앞에는 행랑채만이 쓸쓸히 남아 있을 뿐이었고, 행랑이 끝나는 곳에는 아주 협소한 마루방이 있었다.

양생이 여인을 유혹하여 그리로 데리고 가자 여인도 주저하는 빛 없이 따라갔다. 서로 이야기를 나누며 즐기는 것이 보통 사람과 다름없었다.

이윽고 밤이 깊어 달이 동산 위로 떠올랐다. 달그림자가 창살에 어른거리는데 갑자기 밖에서 발자국 소리가 들려왔다. 여인이 물었다.

"게 누구냐? 시중드는 아이가 온 게냐?"

"예. 평소에 아가씨께서 중문 바깥에 나가시는 적 없고 서너 걸음 이상을 떼지 않으시더니 어제 저녁에는 우연히 나가신 후 어찌 이곳까지 오셨습니까?"

여인이 대답했다.

"오늘 일은 우연이 아니다. 하늘이 돕고 부처님이 돌보셔서 고운 님을 만나 백년해로하게 된 것이지. 부모님께 고하지 않고 혼인을 한 것은 비록 예법에는 어긋나는 일이지만 서로 즐거이 맞이하게 된 것은 분명 평생의 기이한 인연이라 할 수 있을 게야. 너는 집에 가서 돗자리와 주과(酒果)를 가져오너라."

시녀는 명을 받들고 가서 뜨락에 술자리를 베풀었다. 시간은 벌써 사경(四更)이[5]나 되었다. 차려 놓은 방석과 주안상은 소박하여 아무 꾸밈이 없었다. 그러나 술에서 풍기는 향내는 정녕코 인간 세상의 맛이 아니었다.

양생은 의아하고 괴이하였다. 하지만 여인의 말소리와 웃음소리는 맑고 고왔다. 얼굴과 몸가짐도 점잖고 얌전하여 분명 귀한 집 처자가 담을 넘어 나온 것이라 여기고 양생은 더 이상 의심하지 않았다.

여인이 양생에게 술잔을 올렸다. 그리고 시녀에게 노래를 불러 흥을 돋우라고 시키면서 양생에게 말했다.

"이 아이는 분명히 옛 곡을 그대로 부를 거예요. 제가 새 노래 가사를 하나 지어 흥을 보태면 어떨까요?"

양생은 흔쾌히 응낙하였다.

그러자 여인은 「만강홍(萬江紅)」⁶⁾ 가락에 맞추어 한 곡을 지은 후 시녀에게 부르게 하였다.

> 쌀쌀한 봄 추위에 명주 적삼이 얇구나.
> 몇 번이나 애태웠던가, 향로 불 식어 가니.
> 저문 산은 검푸르게 엉겨 있고
> 저녁 구름은 우산처럼 펼쳐져 있네.
> 비단 장막 원앙 이불 함께할 임이 없어
> 금비녀 비껴 꽂고 퉁소를 불어 보네.
> 애달파라, 세월은 빨라
> 마음속엔 번민만 가득.

---

5) 하룻밤을 다섯으로 나누었을 때 네 번째에 해당하는 시간. 새벽 2시 전후.
6) 송(宋)나라 때 유행한 노랫가락의 이름.

등불은 사위어 가고 은 병풍은 나지막한데

홀로 눈물 훔친들 누가 위로해 줄까.

즐거워라, 오늘 밤은

추연의 피리 한 곡조가 봄날을 되돌려[7]

무덤 속 천고의 한을 깨뜨리니

「금루곡」[8] 고운 가락에 술잔을 기울인다.

후회스럽구나, 지난날 한을 품고

눈썹을 찡그린 채 외로이 잠들었던 것이.[2]

노래가 끝나니 여인이 서글픈 표정으로 말했다.

"지난날 봉도(蓬島)[9]에서 만나자던 약속은 지키지 못했지만 오늘 소상강가에서 옛 임을 만났으니 어찌 하늘이 내린 행운이 아니겠습니까? 낭군께서 만일 저를 저버리지 않으신다면 끝까지 건즐(巾櫛)을 받들겠습니다.[10] 그러나 만일 제 소원을 들어주시지 않는다면 우리는 영원히 하늘과 땅처럼 떨어지게 될 것입니다."

양생이 이 말을 듣고 한편으로는 감격하면서도 한편으로는 놀라서 대답하였다.

"어찌 감히 그대의 말을 따르지 않겠소."

---

7) 전국시대에 제(齊)나라 사람 추연이 피리를 불어 추운 기후를 따스하게 되돌렸다는 고사가 있다.

8) 곡조의 이름.

9) 봉래산. 당(唐)나라의 현종과 양귀비가 봉래산에서 만나기로 약속했더랬다.

10) 건즐은 수건과 빗을 말하는데 건즐을 받든다는 것은 지아비를 정성껏 섬긴다는 뜻이다.

그러나 여인의 태도가 범상치 않았으므로 양생은 유심히 그 행동을 살펴보았다.

이때 달이 서산 봉우리에 걸리고, 닭 울음소리가 외진 마을에 울려 퍼졌다. 절에서 울리는 첫 종소리와 함께 이내 먼동이 트기 시작하였다.

여인이 말하였다.

"얘야, 자리를 거두어 돌아가거라."

시녀는 대답을 하자마자 사라졌는데 어디로 갔는지 알 수가 없었다.

여인이 다시 양생에게 말했다.

"인연이 이미 정해졌으니 저와 함께 손을 잡고 가시지요."

양생은 여인의 손을 잡고 여염집들을 지나갔다. 개들이 울타리 너머에서 짖고 사람들이 길거리를 왕래하고 있었다. 그러나 지나가는 사람들은 양생이 여인과 함께 가는 것을 알아차리지 못하고 그저 이렇게 물을 따름이었다.

"이렇게 일찍부터 어디를 다녀오는 겐가?"

양생이 대답하였다.

"술이 취해 만복사에 누워 있다가 옛 친구가 사는 마을을 찾아가는 길입니다."

새벽녘이 되었을 무렵 여인은 양생을 이끌고 무성한 풀숲 사이로 들어갔다. 이슬이 흠뻑 내려 있었는데 따라갈 길조차 보이지 않았다.

양생이 물었다.

"어찌 거처하는 곳이 이렇습니까?"

그러자 여인이 대답하였다.

"홀로 사는 여인의 거처란 원래 이렇답니다."

여인은 또 농을 담아 『시경』의 한 구절을 외웠다.

촉촉히 젖은 이슬길

어찌 이른 밤에 다니지 않나?

길에 이슬이 많기 때문이라네.[11]

양생도 즉시 화답하여 『시경』 한 구절을 읊었다.

어슬렁어슬렁 저 여우

기수(淇水)의 다리 위를 어정거리네.

노(魯)나라 길 평탄하여

제나라 아가씨 노니네.[12]

두 사람은 이렇게 시를 읊으며 한바탕 웃었다.

드디어 함께 개령동이라는 곳에 다다랐는데 쑥대가 들판을 뒤덮었고 가시덤불이 하늘을 찌를 듯 무성하였다. 그 가운데 집 한 채가 있었는데 작지만 매우 정갈하였다.

여인은 양생을 집 안으로 이끌었다. 방 안에는 이부자리와

---

11) 『시경(詩經)』 중 「소남, 행로」의 첫 장으로 남성의 구애와 여성의 은근한 거절 속에 남녀 간의 애정을 표현하였다.

12) 『시경』 중 「유호」 편과 「재구」 편을 짜깁기한 것으로 여인이 남성을 유혹 하는 내용을 담고 있다.

휘장이 잘 정돈되어 있었는데 어젯밤 베풀었던 것과 비슷했다.

양생은 그곳에서 사흘을 머물렀다.

그곳에서 누린 즐거움은 인간 세상의 것과 마찬가지였다. 그러나 시녀는 아름다우면서도 교활하지 않고, 그릇은 깨끗하면서도 꾸밈이 없는 것이 아무래도 인간 세상이 아니라는 생각이 얼핏 스쳐 갔다. 하지만 양생은 여인과 정이 깊이 들어서 더 이상 생각하거나 염려하지 않았다.

여인이 양생에게 말했다.

"이곳의 사흘은 인간 세상의 삼 년과 마찬가지입니다. 낭군님은 이제 집으로 돌아가셔서 생업을 돌보셔야지요."

드디어 이별의 잔치를 열고는 헤어지게 되었다. 양생은 서글퍼하며 말했다.

"어찌 이별이 이다지도 빠르단 말이오?"

여인이 대답하였다.

"언젠가 다시 만나 평생의 소원을 다 풀게 될 거예요. 오늘 이렇게 누추한 곳에 오시게 된 것도 반드시 지난날의 인연이 있어서일 것입니다. 제 이웃 친지들을 만나 보시는 것이 어떠신지요?"

양생은 그러마고 대답했다.

여인은 곧 시녀에게 사방의 이웃들을 모셔 오라고 시켰다. 그중 첫 번째는 정 씨라 하고, 두 번째는 오 씨라 하고, 세 번째는 김 씨라 하고, 네 번째는 유 씨라 하는데 모두 문벌이 높은 귀족 집의 따님들로서 여인과는 한마을에 사는 친척이면서 아직 시집가지 않은 처녀들이었다.

모두 성품이 온화하고, 풍류와 운치가 범상치 않았다. 게다가 총명하고 문자를 알아 능히 시부(詩賦)를 지을 줄 알았다. 여인들은 모두 칠언절구 네 편씩을 지어 양생에게 이별의 선물로 주었다.

　정 씨는 태도가 풍류스러웠으며 구름같이 틀어 올린 머리채가 귀밑머리를 살짝 가리고 있었다. 그녀는 한숨을 한 번 내쉬고는 읊기 시작했다.

　　봄밤에 꽃과 달이 어우러져 곱기도 고운데
　　길이 봄 시름에 잠겨 세월 가는 줄 몰랐구나.
　　한스러워라, 비익조[13]처럼
　　푸른 하늘에서 쌍쌍이 춤추며 노닐지 못하는 것이.

　　무덤 속 등불엔 불꽃도 없으니 이 밤을 어이하리.
　　북두칠성 가로눕고 달도 반쯤 기울었네.
　　서러워라, 무덤에는 찾아오는 이 없이
　　푸른 적삼 구겨지고 귀밑머리 헝클어졌네.

　　매화꽃 지고 나니 정다운 약속도 속절없어라.
　　봄바람도 지나가니 일이 이미 글렀구나.
　　베갯머리 눈물 자국 얼마나 찍혀 있나.
　　뜨락 가득 산비가 배꽃을 떨구네.

---

13) 눈과 날개가 각기 하나씩만 있어서 두 마리가 서로 나란히 붙어야만 날 수 있다고 하는 상상 속의 새.

한봄 심사가 너무도 무료한데
적막한 빈산에서 며칠 밤을 보냈던가.
남교[14] 지나는 나그네 보이지 않으니
어느 해에나 배항이 운영을 만나려나.[3]

오 씨는 머리를 두 갈래로 땋아 내렸는데 요염하고 가냘팠
다. 그녀 역시 정회를 걷잡을 수 없어 정 씨의 뒤를 이어 시를
읊었다.

절에서 향 피우고 돌아오던 길
남몰래 돈을 던지니 누가 인연을 맺어 주었나.
봄꽃 가을 달 아래 그지없던 그 한을
술동이에 담긴 한잔 술로 녹여 보리라.

함빡 내린 새벽이슬 복사꽃 같은 뺨을 적시고
그윽한 골짜기에 봄이 깊어도 나비 올 줄 모르네.
그래도 기뻐라, 이웃집에서 인연이 이루어졌으니
새 곡조 노래 부르며 황금 술잔에 술을 따르리.

해마다 제비는 봄바람에 춤을 추건만
애끓는 봄 심사 모든 일 헛되도다.
부러워라, 연꽃은 꽃받침이 붙어 있어

---

14) 중국 섬서성에 있는 지명으로 이곳에서 당나라 사람 배항이 선녀 운영을
만나 아내로 맞았다고 한다.

밤 깊으면 한 연못에서 둘이 함께 목욕하네.

다락 하나 푸른 산속에 서 있고
연리지[15] 가지 끝엔 꽃이 한창 붉었구나.
한스러워라, 이내 인생은 나무만도 못하여
박명한 이 청춘 눈물만 맺히누나.[4]

  김 씨가 몸가짐을 단정히 하고, 엄숙한 태도로 붓을 적시더
니 앞에 읊은 시들이 너무 음탕하다고 나무랐다. 그리고 이렇
게 말했다.

  "오늘의 일은 여러 말이 필요 없어요. 그저 이 자리의 광경
만 읊으면 되지요. 어찌 마음속에 품은 생각을 펼쳐 놓아 절
도를 잃고, 우리들의 속마음을 인간 세상에 전하려고 합니까?"

  그러고는 낭랑한 목소리로 시를 읊었다.

두견새는 오경(五更)[16] 바람결에 울고
희미한 은하수는 동쪽으로 기울었네.
다시는 옥통소를 불지 마오,
우리 풍정을 세상 사람이 알까 걱정스럽다오.

오정주(烏程酒)[17]를 금 술잔에 가득 부어

---

15) 서로 다른 나무의 가지가 합쳐 하나가 된 것으로 금실 좋은 부부 사이를
   일컫는 의미로도 쓰인다.
16) 새벽 4시 전후.
17) 술 이름.

많다고 사양 말고 취하도록 마시세.
내일 아침 동풍이 사납게 불어오면
한 토막 봄날의 꿈을 어이한단 말인가.

푸른 깁 소맷자락 나른하게 드리우고
악기 소리 들으면서 술잔을 기울이네.
맑은 흥취 다하기 전 돌아가지 못하리라.
다시 새 시어(詩語)로 새 노래를 지으리.

몇 해던가, 흙먼지가 구름 같은 머리채에 붙은 것이.
오늘에야 임을 만나 얼굴 한번 펴 보았네.
고당(高唐)[18]의 신기한 일일랑
인간 세상의 풍류거리로 떨어지게 하지 마오.[5]

유 씨는 엷게 화장을 하고 흰옷을 입었는데 그다지 화려하지는 않았지만 법도가 몸에 배어 있었다. 그녀는 말없이 앉아 있다가 살짝 미소를 띠며 시를 읊었다.

그윽한 정절 굳게 지키며 몇 해를 지냈던가.
향기로운 넋과 옥 같은 뼈가 구천에 갇혔구나.
봄밤이면 언제나 항아[19]를 벗 삼아
계수나무 꽃그늘 아래 외로운 잠을 즐겼다네.

18) 중국 초(楚)나라 때 운몽(雲夢) 연못 가운데 있던 누대 이름으로 초나라 양왕이 꿈에 선녀와 만났다는 고사가 있다.
19) 달나라에 산다는 선녀의 이름.

우습구나, 복사꽃과 오얏 꽃은 봄바람을 못 이겨
이리저리 나부끼다 인가에 떨어지네.
평생 동안 쇠파리 더러운 점이
곤산의 옥[20]에 티끌을 남기지 않도록 해야지.

연지분 귀찮고 머리는 다북쑥 모양
향갑에는 먼지 쌓이고 구리거울엔 녹이 슬었네.
오늘 아침 다행히 이웃집 잔치에 끼게 되니
머리에 꽂은 꽃이 유난히 붉어 보기에도 부끄러워라.

아가씨는 오늘 아름다운 낭군과 짝했으니
하늘이 정한 인연 오래도록 향기로워라.
월하노인이 이미 금실의 끈을 맺어 주었으니
이제부터 서로 양홍과 맹광[21]처럼 지내소서.[6]

여인은 유 씨가 읊은 시의 마지막 편에 감동하여 자리에서
물러나 이렇게 말했다.

"저 역시 자획(字畫)은 대강 분별할 줄 아오니 어찌 홀로 아
무 말 않겠습니까?"

그러고는 근체시 칠언사운 한 편을 지어 읊었다.

개령동 골짜기에서 봄 시름을 끌어안고

---

20) 곤산은 곤륜산(崑崙山)을 말하는데 아름다운 옥이 난다고 한다.
21) 양홍(梁鴻)은 중국 한(漢)나라 시절의 선비이고 맹광(孟光)은 그의 아내
인데 화목한 부부의 모범으로 일컬어진다.

꽃 피고 질 때마다 온갖 근심 느꼈다네.
초나라 무산 구름 속에 그대를 볼 수 없어
소상강 대나무 그늘에서 눈물만 뿌렸네.
맑은 강 따스한 햇볕에 원앙이 짝을 짓고
푸른 하늘에 구름 걷히니 비취 새가 노니누나.
이제 아름답게 동심결[22]을 맺었으니
비단부채[23]가 맑은 가을 원망하지 말게 하소서.[7]

　　양생 또한 글줄이나 아는 처지라 그들의 시법이 맑고도 운치가 높으며 음운이 금옥과 같이 아름다운 것을 보고 칭찬해 마지않았다. 그리고 즉석에서 고풍(古風)[24] 장단편 한 장을 단숨에 지어 화답하였다.

이 밤이 어인 밤이기에
이 같은 선녀를 만났던가.
꽃 같은 얼굴 어이 그리 고운지
붉은 입술은 앵두 같아라.
지은 시구마저 더욱 교묘하니
이안(易安)[25]도 마땅히 입을 다물리라.
직녀가 북실 던지고 은하 나루 내려왔나.

---

22) 부부 사이에 마음이 변치 않기를 맹세하며 맺는 실.
23) 부채는 여름에만 쓸모 있고 가을에는 불필요해지므로, 버림받은 여인이 자신의 처지를 가을날의 비단부채에 비유했다.
24) 당나라 이전의 시 형식으로 법식에 얽매이지 않고 자유로운 것이 특징이다.
25) 중국 송나라 여류 시인 이청조(李淸照)의 호.

상아가 약 방아 버리고 달나라를 떠났나.

정갈한 단장은 대모연(玳瑁筵)²⁶⁾을 비추고

오가는 술잔 속에 잔치 자리 즐겁구나.

운우의 즐거움이 익숙지는 못해도

술 마시고 노래하며 서로들 기뻐하네.

기쁘도다, 어쩌다 봉래섬에 잘못 들어와

이와 같은 신선 풍류의 무리를 만났으니.

옥같이 맑은 술 향기로운 술동이에 넘치고

서뇌(瑞腦)²⁷⁾의 고운 향내 금사자 향로에서 피어오르네.

백옥 침상 앞에 향 가루 날아들고

실바람은 푸른 비단 장막 흔드는데

임을 만나 부부의 술잔을 합하니

채색 구름 뭉게뭉게 서로 뒤얽히누나.

그대는 모르는가, 문소가 채란 만난 이야기²⁸⁾와

장석이 난향 만난 이야기²⁹⁾를.

인생사 서로 만나는 게 연분이 분명하니

모름지기 잔을 들어 거나하게 취해 보세.

낭자는 어찌하여 가벼이 말하는가,

가을바람에 부채 버리듯 한단 말을.

세세생생(世世生生) 우리 다시 배필이 되어

꽃그늘 달빛 아래 서로 함께 노닙시다.[8]

---

26) 대모는 바다거북 껍질, 대모연은 그 껍질로 장식한 술상을 차린 잔치.

27) 용뇌향(龍腦香)의 준말로 용뇌수의 줄기에서 얻어진다.

28) 진(晉)나라 때 서생 문소가 선녀 오채란을 만나 부부가 된 이야기.

29) 한나라 때 선인 장석이 선녀 두난향을 만나 부부가 된 이야기.

술을 다 마신 후 헤어질 때 여인이 은그릇 하나를 양생에게 주면서 말하였다.

"내일 저의 부모님께서 저를 위하여 보련사에서 음식을 베푸실 것이옵니다. 만약 당신이 저를 버리지 않으실 거라면 보련사 가는 길에서 기다리고 있다가 저와 함께 절로 가서 제 부모님을 뵙는 것이 어떠신지요?"

양생이 대답하였다.

"그러겠소."

이튿날 양생은 여인의 말대로 은그릇을 들고 보련사로 가는 길가에서 기다리고 있었다.

그런데 과연 어떤 귀족 집안에서 딸자식의 대상(大祥)[30]을 치르려고 수레와 말을 길게 늘여 세우고 보련사로 올라가는 것이었다. 그러다가 길가에서 한 서생이 은그릇을 들고 서 있는 것을 보고, 하인이 아뢰었다.

"아가씨의 무덤에 묻은 물건을 벌써 어떤 사람이 훔쳤습니다."

주인이 말하였다.

"그게 무슨 말이냐?"

하인이 대답하였다.

"이 서생이 들고 있는 은그릇 말씀입니다."

주인이 마침내 양생 앞에 말을 멈추고 어찌 된 것인지, 은그릇을 지니게 된 경위를 물었다. 양생은 전날 여인과 약속한 그대로 대답하였다. 여인의 부모가 놀랍고도 의아하게 여기다가

---

30) 사람이 죽은 지 25개월 만에 치르는 제사.

한참 후에 말하였다.

"나에게는 오직 딸아이 하나만이 있었는데 왜구가 침입하여 난리가 났을 때에 적에게 해를 입어 죽었다네. 미처 장례도 치르지 못하고 개령사 골짜기에 임시로 묻어 주었지. 이래저래 미루다가 오늘에 이르게 되었다네. 오늘이 벌써 대상날이라 재나 올려 저승길을 추도하려고 한다네. 자네는 약속대로 딸아이를 기다렸다가 함께 오게. 부디 놀라지 말게나."

그는 말을 마치고 먼저 보련사로 떠났다.

양생은 우두커니 서서 기다렸다. 약속한 시간이 되자 과연 어떤 여인이 계집종을 거느리고 나긋나긋한 자태로 걸어오는데 바로 그 여인이었다. 양생과 여인은 서로 기뻐하면서 손을 잡고 보련사로 향하였다.

여인은 절 문에 들어서자 부처님께 예를 올리더니 흰 휘장 안으로 들어갔다. 그러나 여인의 친척들과 절의 승려들은 모두 그것을 믿지 않았다. 오직 양생만이 혼자 볼 수 있을 뿐이었다.

여인이 양생에게 말하였다.

"함께 차와 음식이나 드시지요."

양생은 그 말을 여인의 부모에게 고하였다. 여인의 부모는 시험해 보고자 양생에게 함께 식사를 하라고 시켰다. 그랬더니 오직 수저를 놀리는 소리만 들렸는데 마치 산 사람이 식사하는 소리와 같았다.

그제야 여인의 부모가 놀라 탄식하면서 양생에게 휘장 곁에서 같이 잠자기를 권하였다. 한밤중에 말소리가 낭랑히 들렸는데 사람들이 자세히 엿들으려 하면 갑자기 그 말이 끊어졌다.

여인이 양생에게 말하였다.

"제가 법도를 어겼다는 것은 저 스스로 잘 알고 있어요. 어려서 『시경』과 『서경』을 읽었으므로 예의가 무언지 조금이나마 알지요. 『시경』의 「긴상(褰裳)」[31]이 얼마나 부끄럽고, 「상서(相鼠)」[32]가 얼마나 얼굴 붉힐 만한 것인지 모르는 것이 아닙니다. 그러나 오랫동안 쑥덤불 우거진 속에 거처하며 들판에 버려져 있다 보니 사랑하는 마음이 한번 일어나자 끝내 걷잡을 수가 없었답니다.

지난번에 절에 가서 복을 빌고 부처님 앞에서 향을 사르며 일생 운수가 박복함을 혼자 탄식하다가 뜻밖에도 삼세의 인연을 만나게 되었지요. 그래서 머리에 가시나무 비녀를 꽂은 가난한 살림이라도 낭군의 아낙으로서 백 년 동안 높은 절개를 바치고, 술을 빚고 옷을 지으며 한평생 지어미로서의 도리를 닦으려 했던 것이랍니다. 하지만 한스럽게도 업보는 피할 수가 없어서 저승길로 떠나야만 하게 되었어요. 즐거움을 다 누리지도 못했는데 슬픈 이별이 갑작스레 닥쳐왔군요.

이제 제 발걸음이 병풍 안으로 들어가면 신녀 아향이 수레를 돌릴 것이고, 구름과 비는 양대에서 개고,[33] 까치와 까마귀

---

31) 『시경(詩經)』 중 「정풍(鄭風)」에 실린 시편의 이름인데 음탕한 여인이 남자를 유혹하는 시이다.
32) 『시경(詩經)』 중 「용풍(鄘風)」에 실린 시편의 이름인데 예의가 없는 것을 풍자한 시이다.
33) 양대는 중국 사천성 무산현 동쪽에 있는 땅 이름인데 초나라 회왕과 양왕이 꿈에 선녀를 만났던 곳이다. 무산 선녀가 양왕을 모셨다가 떠나면서 아침에는 구름이 되고 저녁에는 비가 되어 아침저녁으로 양대에 있겠다고 하였다 한다.

는 은하수에서 흩어질 거예요. 이제 한번 헤어지면 훗날 다시 만나기를 기약하기 어렵겠지요. 작별을 당하고 보니 정신이 아득하기만 해서 무어라 말씀 드려야 할지 모르겠군요."

이윽고 여인의 영혼을 전송하자 울음소리가 그치지 않았다. 영혼이 문밖에 이르자 다만 은은하게 다음과 같은 소리만이 들려왔다.

저승길이 기한 있어
슬프게도 이별합니다.
우리 임께 바라오니
저를 멀리 마옵소서.
애달파라, 우리 부모님
나를 짝지워 주지 못하셨네.
아득한 저승에서
마음에 한 맺히리.[9]

소리가 차츰 잦아들면서 우는 소리와 분별할 수 없게 되었다.

여인의 부모는 이제야 그동안의 일이 사실임을 깨닫고 다시는 의심하지 않았다. 양생 또한 그 여인이 귀신이었음을 알고는 슬픔이 더해져서 여인의 부모와 함께 머리를 맞대고 흐느꼈다.

여인의 부모가 양생에게 말하였다.

"은그릇은 자네가 맡아서 쓰고 싶은 대로 쓰게나. 딸아이 몫으로 밭 몇 마지기와 노비 몇 명이 있으니 자네는 이것을 신표로 삼아 내 딸을 잊지 말아 주게."

다음 날 양생은 고기와 술을 마련하여 전날의 자취를 더듬어 찾아갔다. 그랬더니 과연 그곳은 시체를 임시로 묻어 둔 곳이었다. 양생은 제물을 차려 놓고 슬피 울면서, 그 앞에서 종이돈을 불사르고 장례를 치러 주었다. 다음과 같이 제문도 지어 영혼을 위로하였다.

아아, 영이시여.
그대는 나면서부터 온순하고 수려하였고,
자라서는 맑고 깨끗하였소.
아름다운 용모는 서시(西施)[34]와 같았고,
빼어난 문장은 숙진(淑眞)[35]보다도 나았소.
규문 안을 벗어나 본 적 없고,
늘 가정의 가르침을 따라왔소.
난리를 겪으면서도 온전히 몸을 지켰거늘
왜구를 만나 목숨을 잃었구려.
쑥덤불 속에 몸을 의지하여 홀로 지내면서
꽃과 달을 마주할 때마다 마음이 상하였으리.
봄바람에 애간장 끊으며
두견새의 피 울음 소리 슬퍼했고,
가을 서리에 간담이 찢기우며
비단부채의 인연 없음을 탄식했겠지요.
지난번 하룻밤 우연히 당신을 만나

---

34) 춘추시대 월(越)나라의 미인.
35) 송나라 여류 시인 주숙진.

마음의 실타래를 이었으니

비록 저승과 이승이 격리되어 있다는 것을 알면서도

물과 고기가 만난 것처럼 즐거움을 다하였소.

장차 백 년 동안 해로하고자 하였는데

어찌 하룻저녁에 슬픈 이별을 당할 줄 알았으리오.

그대는 달나라에서 난새를 타는 선녀요,

무산에 비를 뿌리는 신녀이리니.

땅은 어두워 돌아올 수 없고,

하늘은 막막하여 바라보기 어려우리.

나는 집에 들어가도 정신이 홀린 듯 아무 말 못 하고,

밖에 나가도 마음이 창망하여 갈 곳을 모른다오.

그대 영혼 모신 휘장을 대할 때마다 눈물이 앞을 가리우고,

맑은 술을 따를 때마다 슬픔이 더해진다오.

아리따운 그 모습이 눈에 보이는 듯하고

낭랑한 그 목소리 귀에 들리는 듯하다오.

아아, 슬프도다.

그대의 성품은 총명하고

그대의 기운은 맑았으니

삼혼[36]이 흩어진들

혼령이야 어찌 없어지리.

마땅히 하늘에서 내려와 뜨락을 거닐고,

맑은 향기 풍기면서 내 곁에 머물리라.

비록 삶과 죽음의 길이 다르다지만

---

36) 사람의 마음속에 있는 세 개의 영혼.

당신도 이 글에 감응하시겠지요.

이후에도 양생은 여인에 대한 애정과 슬픔을 이기지 못하였다. 밭과 집을 모두 팔아 사흘 저녁을 계속해서 재를 올리니 공중에서 여인의 목소리가 울렸다.

"당신이 지성을 드려 주신 덕분에 저는 다른 나라에서 남자의 몸으로 다시 태어나게 되었습니다. 비록 이승과 저승이 멀리 떨어져 있다고 해도 당신의 은혜에 깊이 감사드립니다. 당신은 부디 다시 깨끗한 업을 닦아 함께 윤회의 굴레를 벗어나시기 바랍니다."

양생은 이후 다시 장가들지 않았다. 지리산에 들어가 약초를 캐며 살았는데 그가 어떻게 생을 마감했는지 아무도 알지 못한다.

이생이 담 너머를 엿보다

이생규장전(李生窺牆傳)

송도 낙타교 옆에 이생이라는 사람이 살았다. 그는 열여덟이었는데 풍모가 맑고, 자질이 뛰어났다. 일찍부터 국학에서 공부했는데 길을 다니면서도 시를 읽고는 하였다.

한편 선죽리의 부잣집에는 최 씨 처녀가 살고 있었다. 그녀의 나이는 열대여섯 살쯤 되었는데 자태가 아름답고 수를 잘 놓았으며 시도 잘 지었다. 그래서 세상 사람들이 그 두 사람을 이렇게 칭찬하였다.

풍류가인 이 도령
요조숙녀 최 낭자
그 재주 그 용모를 듣기만 해도
굶주린 창자를 채울 수가 있다네.

이생은 책을 옆에 끼고 글공부 하러 갈 때마다 항상 최 씨의 집을 지나쳐 갔다. 그 집의 북쪽 담 밖에는 가지를 간들거리는 수양버들 수십 그루가 빙 둘려 있었는데 이생은 그 밑에서 잠깐씩 쉬곤 하였다.

어느 날 이생이 담 안을 엿보았더니 온갖 이름난 꽃들이 활짝 핀 가운데 벌과 새들이 다투어 노래하고 있었다. 그리고 옆쪽에는 작은 누각이 있었다. 구슬발이 반쯤 가려 있고, 비단 장막이 낮게 드리운 모습이 꽃떨기들 사이로 은은히 비쳤다. 그런데 그 안에서 한 미인이 수를 놓다가 지쳐서 잠깐 바늘을 놓고 턱을 괸 채 시를 읊었다.

> 홀로 사창(紗窓)가에 기대앉아 수놓기도 더디구나.
> 온갖 꽃떨기 속에 꾀꼬리 울음 곱기도 해라.
> 괜스레 마음속으로 봄바람을 원망하며
> 말없이 바늘 멈추고 생각에 잠기네.
>
> 길 가는 저 이는 어느 집 도련님일까.
> 푸른 옷깃 너른 띠가 늘어진 버들 사이로 어른거리네.
> 어떻게 하면 대청 위의 제비가 되어
> 나지막이 주렴을 스쳐 담장을 날아 넘으리.[1]

이생이 그 소리를 듣고 자기도 글재주를 뽐내고 싶은 마음을 누를 길이 없었다. 그러나 그 집의 문은 아득히 높았고, 뜨락과 안채도 깊숙한 곳에 있었으므로 하릴없이 서운한 마음을 품고 자리를 떠날 수밖에 없었다.

돌아오는 길에 이생은 흰 종이 한 폭에 시 세 수를 써서 기와 조각에 매달아 담장 안으로 던졌다.

무산 열두 봉우리에 안개가 첩첩 싸였는데
반쯤 드러난 뾰족 봉우리 울긋불긋하구나.
양왕(襄王)의 외로운 꿈이 번뇌스러워
기꺼이 구름 되고 비 되어 양대(陽臺)로 내려오려나.[1]

사마상여가 탁문군을 꾀어내려 할 때[2]
마음속에 품은 정은 이미 흠씬 깊었도다.
울긋불긋 담장 머리 농염한 복사꽃과 오얏 꽃은
바람 따라 어느 곳에 어지러이 지려나.

좋은 인연인가 나쁜 인연인가.
부질없는 이내 시름 하루가 일 년 같아라.
스물여덟 자 시로 중매가 이뤄졌으니
남교에서 어느 날 신선을 만나려나.[2]

최 씨는 시녀 향아에게 가서 그 던진 것을 살펴보라고 시켰다. 시녀가 주워 온 것을 보니 바로 이생의 시였다. 최 씨는 시

---

1) 초(楚)나라 양왕이 고당에서 놀다가 잠이 들었는데 한 여인이 내려와 사랑을 나누고는 떠나면서 자신은 무산 남쪽 언덕에 사는데 아침이면 구름이 되고 저녁이면 비가 되어 양대에 내릴 것이라고 했다는 이야기가 있다.
2) 전한(前漢)의 문인 사마상여가 젊었을 때 촉(蜀)에 갔다가 부잣집 탁왕손의 딸인 과부 탁문군을 거문고 연주로 꾀어내어 부부가 되었다.

를 여러 번 읽은 후 마음속으로 그윽이 기뻐하였다. 그리고 종이쪽지에 여덟 글자를 써서 담 밖으로 던졌다.

"그대는 의심하지 마시고 황혼을 기약하세요."

이생은 그 말대로 날이 저물기를 기다려 최 씨의 집으로 갔다. 문득 복사꽃 나뭇가지 한 줄기가 담장 너머로 휘어져 나와 눈앞에서 한들거리는 것이 보였다. 이생이 다가가서 살펴보니 그넷줄에 대바구니가 매달린 채 아래로 드리워 있었다. 이생은 그 줄을 타고 담을 넘었다.

마침 달이 동산 위에 떠올라 꽃 그림자가 땅 위에 가득하니 맑은 향기가 사랑스러웠다. 이생은 자기가 신선 세계에 들어온 것이 아닌가 생각했다. 은근히 마음이 기쁘면서도 품은 정이 은밀하고 하는 일도 비밀스러워 머리칼이 곤두설 정도로 긴장되었다.

이생이 좌우를 둘러보니 여인은 이미 꽃 무더기 속에 앉아 있었다. 그녀는 시녀 향아와 더불어 꽃을 꺾어 머리에 꽂고 있었고, 한구석 후미진 곳에는 자리가 깔려 있었다.

최 씨가 이생을 보고 미소 지으며 시 두 구절을 먼저 읊었다.

복사나무 오얏나무 가지 사이에 꽃송이 탐스럽고
원앙 베개 위에는 달빛이 곱디고와라.[3]

이생이 그 뒤를 이어서 읊조렸다.

다음날 어쩌다가 봄소식[3)]이 새어 나가면
무정한 비바람[4)]에 가련해지리라.[4]

최 씨는 낯빛이 변하여 말하였다.

"저는 본래 당신과 부부가 되어 아내로서의 도리를 다하며 영원히 즐거움을 누리려고 했습니다. 그런데 당신께서는 어찌하여 이런 말씀을 하시나요? 저는 비록 여자의 몸이어도 마음이 태연한데 당신은 장부의 의기를 가지고 어찌 이런 말씀을 하십니까? 이 다음에 규중의 일이 누설되어 부모님께서 저를 꾸짖으시면 제가 혼자 책임을 지겠어요. 향아야, 방에 가서 술과 다과를 차려 오너라."

향아는 명령을 따르기 위해 자리를 떴다. 사방은 적막하고 고요하여 아무런 인기척이 없었다. 이생이 최 씨에게 물었다.

"이곳은 어디입니까?"

최 씨가 대답하였다.

"이곳은 뒷동산 작은 누각 아래예요. 부모님께서는 저 하나를 외동딸로 두셔서 사랑이 각별하시답니다. 그래서 따로 이 누각을 연못가에 지어 주셨지요. 봄이 무르익을 때 이름난 꽃들이 만발하면 시녀를 거느리고 즐겁게 놀라고 하신 것이지요. 부모님 계신 거처는 여기에서 멀리 떨어져 있어서 아무리 크게 웃고 떠들어도 좀처럼 아실 수 없을 거예요."

최 씨는 향기로운 술 한 잔을 따라 이생에게 권하면서 고풍(古風) 시 한 편을 지어 읊었다.

구부러진 난간 부용 연못 굽어보는데

---

3) 두 사람의 사랑.

4) 두 사람의 부모들을 가리킨다. 이 구절은 두 사람의 사랑이 탄로되면 부모들의 노여움으로 가련한 신세가 되리라는 뜻이다.

연못 위 꽃떨기 속에 연인들 속삭이네.
향기로운 안개 뭉게뭉게 봄기운이 화창할 때
새로운 가사를 지어 백저사(白貯詞)5)를 노래하네.
달 기우니 꽃 그림자가 방석 위로 스며들고
긴 가지 함께 잡아당기니 붉은 꽃비 내리네.
바람결에 흩날린 맑은 향내 옷에 스미니
가충의 딸6)이 봄볕 아래 춤을 추네.
비단 적삼 가벼이 해당화 가지를 스쳤다가
꽃 사이에 자고 있던 앵무새만 깨웠네.[5]

이생이 바로 시를 지어 화답하였다.

무릉도원에 잘못 들었나, 복숭아꽃 만발한데
많고 많은 이내 정회 말로 다 못 하겠네.
구름 같은 갈래머리에 금비녀 낮게 꽂고
산뜻한 봄 적삼을 푸른 모시로 지어 입었네.
한 가지에 달린 꽃이 봄바람에 피었으니
무성한 꽃가지에 비바람아 부지 마라.
선녀의 소맷자락 나부껴 그림자 너울대고
계수나무 그늘 아래 항아가 춤을 추네.
좋은 일 다하기 전에 근심이 따르나니

---

5) 악부(樂府)에 속한 악곡.
6) 가충의 딸이 한수와 사랑에 빠져 자기 집안에 전해 오는 귀한 향수를 훔쳐
   한수에게 주었는데 한수에게서 그 향내를 맡은 가충이 사실을 알게 되어
   두 사람을 혼인시켰다는 고사가 있다.

새로 지은 가사를 앵무새에게 가르치지 마오.[6]

시를 다 읊고 나자 최 씨가 이생에게 말했다.

"오늘의 일은 분명 작은 인연이 아니에요. 그대는 부디 제
뒤를 따라오셔서 사랑을 나누시지요."

말을 마치고 최 씨가 북쪽 창문으로 들어가니 이생도 그 뒤
를 따라갔다. 누각에 달린 사다리가 방 안에 있었는데 그 사
다리를 타고 올라가니 과연 다락이 나타났다. 문방구와 책상
이 매우 말끔했다. 한쪽 벽에는 「연강첩장도(烟江疊嶂圖)」[7]와
「유황고목도(幽篁古木圖)」[8]가 걸려 있었는데 모두 이름난 그림
이었다. 그림에는 시가 적혀 있었는데 누가 지은 것인지는 알
수 없었다.

첫 번째 그림에 적힌 시는 이러하였다.

누구의 붓끝에 힘이 넘쳐
이렇게 강 한가운데 첩첩 산을 그려 놓았나.
웅장하도다, 삼만 길의 방호산[9]이여.
아득한 구름 속에 반만 솟아 있네.

---

7) 안개 낀 강 위에 첩첩이 싸인 산봉우리를 그린 그림으로 원래 송(宋)나라
   왕선이 그렸는데 이후 여러 사람에 의해 계승되었다.
8) 대나무와 고목을 함께 그린 그림으로 원(元)나라 가구사 이후 여러 사람들
   이 이 화제로 그림을 그렸다.
9) 신선이 산다는 산으로 발해 동쪽 큰 바다에 있는 다섯 개의 산 중에 셋째
   가 방호산이다.

저 멀리 산세는 몇백 리까지 아득하고
가까이엔 푸른 소라 모양 산봉우리가 우뚝하네.
푸른 물결 아득히 하늘까지 닿았는데
낙조를 바라보니 고향이 그립구나.
이 그림 바라보니 사람 마음 쓸쓸해져
비바람 부는 소상강에 배 띄운 듯하여라.[7]

두 번째 그림에 적힌 시는 이러하였다.

그윽한 대숲에선 바람 소리 들리는 듯
비스듬히 누운 고목 정감을 품은 듯.
구불구불 서린 뿌리엔 이끼가 끼었고
뻗쳐오른 늙은 가지 바람과 우레를 물리쳤네.
가슴 속에 홀로 조화를 품었으니
기묘한 이 경지를 어찌 남에게 말하리오.
위언(韋偃)[10]과 여가(與可)[11]도 이미 귀신이 되었으니
천기를 누설해야 몇이나 알겠는가.
맑은 창가에서 그윽이 바라보니
오묘한 붓 솜씨에 빠져 삼매경에 들겠네.[8]

한쪽 벽에는 사계절의 경치를 읊은 시가 각각 네 수씩 붙어 있었는데 역시 누가 지었는지는 알 수 없었다. 글씨는 조맹부

---

10) 당(唐)나라 시절의 화가.
11) 송나라 화가 문동(文同)의 아들.

의 서체를 본받아 글자체가 아주 정밀하고도 고왔다.

　그 첫째 폭에 쓰인 시는 이러하였다.

　　연꽃 휘장 따뜻하고 향내가 퍼지는데
　　창밖에는 살구꽃 비[12]가 부슬부슬.
　　다락 머리에서 새벽 종소리에 꿈 깨고 보니
　　개나리 무성한 둑에 백설조[13] 우짖네.

　　제비 새끼 날로 자라는데 규방 깊숙이 들어앉아
　　나른하여 말도 없이 금 바늘을 멈추었네.
　　꽃 속에 나비들 쌍쌍이 날아
　　앞다투어 정원 그늘로 지는 꽃을 따라가네.

　　누그러진 추위 초록 치마를 스쳐 가면
　　부질없는 봄바람에 애간장만 끊어지네.
　　막막한 이 심정을 누구라서 헤아릴까.
　　온갖 꽃 만발한데 원앙새만 춤추누나.

　　봄빛이 황사양의 집에 깊이 잠겨[14]
　　붉은 꽃잎 푸른 나뭇잎 사창(紗窓)에 어른대네.

---

12) 청명(淸明) 전후에 살구꽃이 필 때 내리는 비.
13) 지빠귀, 티티새, 때까치 등.
14) 두보의 시에 "황사양의 집에는 꽃이 가득하여 천만 떨기가 가지를 무겁게
　　누르고 있다."라는 구절이 있다.

뜰 가득한 봄풀에 봄 시름만 괴로워
살며시 주렴 걷고 지는 꽃을 바라보네.[9]

두 번째 폭에 쓰인 시는 이러하였다.

밀 이삭 처음 패고 제비 새끼 날아드는데
남쪽 뜨락엔 석류꽃이 두루 피었구나.
푸른 창가에 가위질하는 아가씨
치마를 지으려고 자줏빛 노을을 자르는가.

황매화 피는 시절 가랑비가 부슬부슬
홰나무 그늘엔 꾀꼬리 울고 제비는 주렴으로 날아드네.
또 이렇게 한 해 풍경이 시들어 가니
연화(棟花) 떨어지고 죽순이 삐죽 돋아나네.

푸른 살구 손에 집어 꾀꼬리에게 던져 보네.
남쪽 난간에 바람 일고 해그림자 더디구나.
연잎에 향내 나고 연못 물 가득한데
푸른 물결 깊은 곳에서 가마우지 멱을 감네.

등나무 평상 대자리에 무늬가 물결치고
병풍 속 소상강엔 한줄기 구름.
나른한 게으름에 낮 꿈을 깨지 못하는데
반쯤 창에 비긴 햇살이 서쪽 하늘을 물들이네.[10]

세 번째 폭에 쓰인 시는 이러하였다.

가을바람 스산하니 찬 이슬 맺히고
달빛도 곱디고와 가을 물결 푸르도다.
한 소리 두 소리 기러기 울며 돌아가고
우물에 오동잎 지는 소리 다시금 들리네.

침상 밑에 온갖 벌레 구슬피 울고
침상 위엔 아름다운 아가씨 구슬 눈물 흘리네.
우리 임은 만 리 밖 전쟁터에 계시는데
오늘 밤 옥문관(玉門關)[15]에도 달빛이 환하겠지.

새 옷을 마르려니 가위가 차가워라.
나직이 아이종 불러 다리미 가져오라네.
다리미에 불 꺼진 것도 미처 모르고
거문고 뜯다가 머리를 긁적이네.

작은 못에 연꽃도 지고 파초도 누레지자
원앙 그린 기와 위에 첫서리가 내렸구나.
묵은 시름 새 원한을 막을 길 없는데
골방에 귀뚜라미 우는 소리마저 들리는구나.[11]

네 번째 폭에 쓰인 시는 이러하였다.

---

15) 중국의 옛 관문으로 국경 지대에 있어 군사들이 많이 지나다닌 곳.

한 가닥 매화 그림자 창가에 비끼고
바람 센 서쪽 행랑엔 달빛이 밝구나.
화롯불 꺼졌는지 부저로 헤쳐 보고
아이종 불러 차 솥을 바꿔 오라네.

수풀 잎사귀는 밤 서리에 자주 놀라고
회오리바람은 눈을 몰아 긴 회랑에 들이치네.
한밤 내내 임 그리는 꿈속에서
빙하의 옛 전쟁터에 가 있도다.

창에 가득 붉은 해는 봄날처럼 따사로운데
시름 잠긴 눈썹에는 졸음 흔적 어려 있네.
병에 담긴 어린 매화 뺨을 반쯤 보이는데
수줍어 말 못 하고 원앙새만 수놓는다네.

우수수 서릿바람 북쪽 숲을 할퀴고
달빛에 까마귀 우니 마음에 걸려라.
등잔불 앞에 두고 임 생각에 눈물 흘러
실뜸을 적시니 잠깐 바느질을 멈추네.[12]

한쪽에는 작은 방 하나가 따로 있었고 그 안에는 휘장, 요, 이불, 베개가 역시 아주 곱게 정돈되어 있었다. 휘장 밖에서는 사향을 태우고, 난향 기름 등잔불을 켜 놓았는데 불빛이 휘황하여 마치 대낮처럼 밝았다.

이생은 최 씨와 더불어 지극한 사랑의 즐거움을 맛보며 그곳에 며칠을 머물렀다. 그러던 어느 날 이생이 최 씨에게 말했다.

"옛 성인의 말씀에 '어버이가 계시면 나가 놀더라도 반드시 가는 곳을 고해야 한다.'라고 했소. 그런데 지금 나는 부모님께 아침저녁 문안 인사를 드리지 못한 채 벌써 사흘이나 보냈구려. 분명 부모님께서는 문간에 기대어 나를 기다리실 것이니 이 어찌 자식된 도리라 하겠소."

최 씨는 서운해 하면서도 고개를 끄덕였다. 그러고는 이생이 담을 넘어 돌아가게 해 주었다.

이생은 그 뒤부터 밤마다 최 씨를 찾아가지 않는 날이 없었다. 어느 날 저녁에 이생의 아버지가 아들에게 물었다.

"네가 아침에 집을 나갔다가 저녁에 돌아오는 것은 옛 성인이 남기신 인의(仁義)의 가르침을 배우려는 것이다. 그런데 요즘은 황혼녘에 나갔다가 새벽에야 돌아오니 이게 어찌된 일이냐? 분명 경박한 놈들의 행실을 배워 남의 집 담장을 넘어가서 누구네 집 규수와 정을 통하고 다니는 것일 테지. 이 일이 탄로 나면 남들은 모두 내가 자식을 엄하게 가르치지 못한 탓이라고 책망할 것이다. 또 만일 그 규수가 지체 높은 집안의 딸이라면 필시 네 미친 짓 때문에 가문을 더럽히고 남의 집에 누를 끼치게 될 것이야. 이 일은 작은 일이 아니로다. 너는 지금 당장 영남으로 가서 종들을 거느리고 농사나 감독하여라. 그리고 다시 돌아오지 말아라."

이생은 그 이튿날 울주로 보내졌다.

최 씨는 매일 저녁 화원에서 이생을 기다렸다. 그러나 몇 달이 지나도록 그는 돌아오지 않았다. 최 씨는 이생이 병에 걸렸나 보다고 생각하여 향아를 시켜 이생의 이웃들에게 몰래 물어보게 하였다. 이웃집 사람은 이렇게 말하였다.

"이 도령이 그 부친에게 죄를 지어 영남으로 내려간 지 이미 여러 달이 되었다오."

최 씨는 그 말을 전해 듣고 병이 나서 자리에 눕게 되었다. 몸만 이리 뒤척 저리 뒤척 할 뿐 일어나지도 못하고, 물조차도 삼키기 어려운 지경에 이르렀다. 말도 두서가 없어지고, 얼굴도 초췌해졌다.

최 씨의 부모가 이상히 여겨 병의 증상을 물어보아도 최 씨는 입을 다물고 아무 말도 하지 않았다. 그러던 중 최 씨의 부모가 딸의 글 상자를 들추어 보다가 전에 이생이 최 씨에게 화답한 시를 발견하게 되었다. 그들은 그제야 깜짝 놀라며 말하였다.

"하마터면 우리 딸을 잃을 뻔했구나."

그러고는 딸에게 물었다.

"이생이 누구냐?"

일이 이렇게 되자 최 씨도 더 이상 숨길 수가 없었다. 그녀는 목구멍에서 겨우 나오는 작은 목소리로 부모님께 사실을 아뢰었다.

"아버님, 어머님. 길러 주신 은혜가 깊으니 감히 숨기질 못하겠습니다. 혼자 가만히 생각해 보니 남녀가 서로 사랑을 느끼는 것은 인간의 정리로서 지극히 중요한 일이옵니다. 그러므로 매실이 떨어지는 것을 보고 혼기를 놓치지 말라고 『시경』의 「주남(周南)」 편에서 노래하였고, 여자가 정조를 지키지 못하면 흉하다는 말을 『주역』에서 경계하였습니다.

저는 버들처럼 가녀린 몸으로 뽕나무 잎이 시들기 전에 시집가야 한다는 말을 유념치 못하고 길가 이슬에 옷을 적셔 주위 사람들의 비웃음을 받게 되었습니다. 덩굴이 다른 나무에 의지해서 살듯 벌써 위당 처녀의 행실[16]을 하고 말았으니 죄가 이미 넘쳐 가문에 누를 끼치게 되었습니다.

그러나 저 신의 없는 도련님이 한 번 가 씨 집안의 향을 훔친 뒤로[17] 원망이 천 갈래로 생겨났습니다. 여리디여린 몸으로 서러운 고독을 견디다 보니 그리운 정은 나날이 깊어 가고 큰 병은 나날이 더해 가서 거의 죽을 지경에 이르렀습니다. 장차 한 맺힌 귀신이 될 듯합니다.

부모님께서 저의 소원을 들어 주신다면 제 남은 목숨을 보존하게 될 것이고, 만약 간곡한 청을 거절하신다면 그저 죽음만이 있을 뿐입니다. 이생과 저승에서 함께 노닐지언정 맹세코 다른 가문으로 시집가지는 않겠습니다."

이에 최 씨의 부모도 그녀의 뜻을 알게 되었으므로 다시 병의 증세를 묻지 않았다. 그저 한편으로는 경계하고 한편으로는 달래 가면서 딸의 마음을 누그러뜨리려고 노력하였다. 그러고는 중매의 예를 갖추어 이생의 집에 혼인 의사를 물었다.

이생의 아버지는 최 씨 가문의 문벌이 어떤지를 물은 후 말하였다.

---

16) 원(元)나라 때 왕서생이 위당에 갔다가 위당의 처녀와 눈이 맞아 부부가 된 이야기.

17) 남자와 여자가 서로 정을 통함을 비유한 말. 중국 진(晉)나라 때 가충의 딸이 그 아비가 간직하던 서역의 귀한 향을 애인 한수를 위해 훔쳐 주었다는 고사에서 유래한 것이다.

"우리 집 아이가 비록 나이가 어려 잠시 바람이 나긴 했지만 학문에 정통하고 풍모도 남부끄럽지 않으니 바라는 바는 앞으로 장원급제하여 훗날 세상에 이름을 떨치는 것이오. 서둘러 혼처를 구하고 싶지 않소."

중매쟁이가 돌아와 최 씨 부친에게 이 말을 아뢰니 최 씨 집안에서 다시 이 씨 집안에 이러한 말을 전했다.

"한 시대의 벗들이 모두 그 댁 아드님의 재주가 뛰어나다고 칭찬들을 하더이다. 지금은 웅크리고 있지만 어찌 끝내 연못 속에만 머물러 있겠습니까? 속히 좋은 날을 정해 두 가문의 즐거움을 합하는 것이 좋을 듯합니다."

중매쟁이가 또 가서 그 말을 이생의 부친에게 고하니 그 부친이 말하였다.

"나 역시 젊어서부터 책을 잡고 경전을 공부했지만 늙도록 성공하지 못했소. 노비들은 도망가 흩어지고, 친척들의 도움도 적어 생활이 어렵고 살림도 궁색하다오. 그러니 문벌 좋고 번성한 집에서 어찌 한갓 한미한 선비를 사위로 삼으려 하신단 말이오? 이는 반드시 일 만들기 좋아하는 사람들이 우리 집안을 과도하게 칭찬해서 귀댁을 속인 것일 겁니다."

중매쟁이가 다시 최 씨 가문에 고하자 최 씨 부친이 말하였다.

"납채[18]의 예와 의복에 관한 일은 제가 모두 알아서 하겠습니다. 좋은 날을 가려서 화촉을 밝힐 날짜만 정해 주시면 좋겠습니다."

중매쟁이가 또 돌아가서 고하였다.

---

18) 약혼할 때 신랑 집에서 신부 집에 예물을 보내는 것.

이 씨 집안에서는 일이 여기에 이르자 마음을 돌려 곧 이생을 불러다 그의 의사를 물었다. 이생은 기쁨을 이기지 못하여 시 한 수를 지었다.

깨진 거울이 다시 합쳐 둥글게 되는 것도 때가 있는 법,
은하수의 까막까치들이 아름다운 기약을 도와주었네.
이제 월하노인이 붉은 실로 매어 주리니
봄바람 불어도 두견새를 원망 마시오.[13]

최 씨는 이 소식을 듣고 병이 차츰 회복되었다. 그리고 그녀 역시 시 한 수를 지었다.

나쁜 인연이 바로 좋은 인연이었던가.
맹세의 말이 마침내 이루어졌네.
임과 함께 작은 수레 끌고 갈 날[19]이 어느 때일까.
부축받고 일어나 꽃비녀를 추스르려네.[14]

이에 길일을 가려 혼례를 치르니 끊어졌던 사랑의 줄이 다시 이어지게 되었다. 그들은 혼인 후 부부가 서로 사랑하고 공경하면서 손님을 대하듯 예를 갖추니 비록 양홍과 맹광, 포선과 환소군[20] 같은 부부라도 그 절개와 의리를 따를 수가 없었다.

---

19) 부부가 함께 작은 수레(鹿車)에 살림을 싣고 귀향한다는 말에서 유래.
20) 한(漢)나라 때의 부부로 아내 환소군이 남편 포선의 뜻을 따라 검소하게 시집와 청빈하게 살았다.

이생은 이듬해에 과거에 급제하여 높은 벼슬에 올랐는데 그 명성이 조정에 자자하였다.

신축년[21]에 홍건적이 고려의 서울인 개성을 점령하자 임금은 복주(福州)로 피난을 갔다. 홍건적은 집을 불태우고 사람을 죽이고 가축을 잡아먹었다. 백성들은 부부, 친척끼리도 서로를 보호하지 못하고 이리저리 달아나 숨은 채 각자 자기 살길을 도모해야 하는 처지가 되었다.

이생도 가족들을 데리고 외진 산골로 숨었는데 도적 한 명이 칼을 빼어 들고 그들의 뒤를 쫓아왔다. 이생은 달아나 겨우 목숨을 건졌지만 최 씨는 도적에게 사로잡히고 말았다. 도적이 자신을 겁탈하려 하자 최 씨는 크게 꾸짖으며 말하였다.

"호귀(虎鬼)[22]야, 나를 죽여 삼켜 버려라. 차라리 죽어 승냥이와 이리의 배 속에 들어갈지언정 어찌 개돼지 같은 놈의 짝이 되겠느냐."

도적은 노하여 최 씨를 죽이고 난자질하였다. 이생은 거친 들판에 숨어서 겨우 목숨을 보전하다가 얼마 후 도적이 물러갔다는 소식을 듣고 부모님이 사시던 옛집을 찾아갔다. 그러나 집은 이미 전쟁통에 불타 버린 후였다. 그래서 이번에는 최 씨의 집으로 가 보았더니 행랑채만 덩그러니 남아 황량한 가운데 쥐들이 찍찍대고 새들이 지저귀고 있었다.

이생은 슬픈 마음을 억누를 길이 없어 작은 누각에 올라가서 눈물을 훔치며 길게 탄식할 뿐이었다. 어느새 날이 저물었

---

21) 고려 공민왕 10년(1361년)을 말한다.
22) 호랑이에게 물려 죽은 귀신. 창귀라고도 한다.

다. 그는 우두커니 홀로 앉아 지난날을 가만히 떠올려 보았지만 모든 게 한바탕 꿈만 같았다.

이경(二更)쯤 되어 달빛이 희미한 빛을 토하며 들보를 비추었다. 그런데 회랑 끝에서 웬 발자국 소리가 들려왔다. 그 소리는 멀리서부터 들려오더니 차츰 가까워졌다. 발자국 소리가 이생 앞에 이르렀을 때 보니 바로 최 씨였다.

이생은 그녀가 이미 죽은 것을 알고 있었지만 너무도 사랑하는 나머지 한 치의 의심도 없이 물었다.

"당신은 어디로 피난하여 목숨을 부지하였소?"

최 씨는 이생의 손을 잡고 한바탕 통곡하더니 그간의 사정을 이야기하기 시작했다.

"저는 본디 양가의 딸로서 어려서부터 어버이의 가르침을 받들어 수놓기와 바느질에 힘쓰고 시서(詩書)와 인의(仁義)의 방도를 배울 뿐이었습니다. 오로지 규문의 법도만 알았을 뿐 어찌 집 밖의 일을 헤아릴 수 있었겠습니까? 그런데 당신께서 붉은 살구꽃이 핀 담장 안을 한 번 엿보신 후 제가 스스로 푸른 바다의 구슬을 바쳤지요. 꽃 앞에서 한 번 웃고는 평생의 은혜를 맺었고, 휘장 안에서 다시 만났을 때에는 은정이 백 년을 넘칠 것 같았지요.

말이 여기에 이르고 보니 슬프고 부끄러워 견딜 수가 없군요. 장차 평생을 함께하려고 하였는데 뜻밖의 횡액을 만나 구덩이에 뒹굴게 될 줄 어찌 생각이나 했겠습니까? 그러나 저는 끝까지 짐승 같은 놈에게 몸을 내맡기지 않고 스스로 진흙창에서 육신이 찢기는 길을 택하였지요. 그건 천성이 저절로 그렇게 한 것이지 인정으로야 차마 견딜 수 있는 일이 아니었답니다.

　외진 산골짜기에서 당신과 헤어진 후로 짝을 잃고 홀로 날아가는 새의 신세가 된 것이 너무 한스러웠습니다. 집도 없어지고, 부모님도 돌아가셨으니 고단한 혼백조차 의지할 곳이 없었지만 절의는 귀중하고 목숨은 가벼우니 쇠잔한 몸뚱이일망정 치욕을 면한 것만으로도 다행이라 생각했지요. 하지만 누가 마디마디 끊어져 재처럼 식어 버린 제 마음을 불쌍히 여겨 주겠습니까? 그저 조각조각 끊어진 썩은 창자만 모아 두었을 뿐, 해골은 들판에 던져졌고 간과 쓸개는 땅바닥에 버려져 흙먼지를 뒤집어쓰고 있지요. 가만히 지난날의 즐거움을 헤아려 보기도 하지만 오늘의 근심과 원한만이 마음에 가득 차 버렸습니다.

　이제 추연(鄒衍)[23]이 피리를 불어 적막한 골짜기에 봄바람을 일으켰으니 저도 천녀(倩女)[24]의 혼이 이승으로 돌아왔듯이 이곳으로 돌아오렵니다. 봉래산에서 십이 년 만에 만나자는 약속을 이미 단단히 맺었고, 취굴(聚窟)[25]에서 삼생(三生)의 향이 그윽이 풍겨 나오니 그동안 오래 떨어져 있던 정을 되살려서 옛 맹세를 저버리지 않겠다고 약속하겠어요. 만약 당신이 아직도 옛 맹세를 잊지 않으셨다면 저는 끝까지 잘해 보고 싶어요. 당신도 허락하시는 거지요?"

　이생은 기쁘고도 감격하여 말했다.

---

23) 전국시대 제(齊)나라의 음양오행가.
24) 당나라 진현우(陳玄祐)가 지은 전기소설 『이혼기(離魂記)』에 나오는 인물로 영혼이 되어서도 애인과 함께 살았던 여인이다.
25) 중국 서해에 있다고 하는 신선의 거처.

"그건 바로 내가 바라던 바요."

두 사람은 다정하게 마주 앉아 그간의 회포를 풀었다. 그러다가 재산을 얼마나 도적에게 약탈당했는가에 대해 묻자 최씨가 말하였다.

"조금도 잃지 않았어요. 아무 산 아무 골짜기에 묻어 두었답니다."

이생이 또 물었다.

"양가 부모님의 유해는 어디에 있소?"

최 씨가 대답하였다.

"아무 곳에 그냥 버려져 있는 상태랍니다."

두 사람은 그간의 정회를 다 나눈 후 나란히 잠자리에 들었다. 지극한 즐거움이 예전과 같았다.

다음 날 최 씨와 이생은 함께 재물이 묻혀 있다는 곳을 찾아갔다. 과연 금은 여러 덩이와 얼마간의 재물을 얻을 수 있었다. 그들은 양가 부모님의 유골을 수습한 후 금과 재물을 팔아 각각 오관산 기슭에 합장하였다. 묘소에 나무를 심고 제사를 드려 예를 극진히 갖추었다.

그 뒤 이생은 벼슬을 구하지 않고 최 씨와 함께 살았다. 목숨을 구하고자 달아났던 종들도 다시 스스로 돌아왔다. 이생은 이때부터 인간사에 게을러져서 비록 친척이나 손님들의 길흉사에 하례하고 조문해야 할 일이 있더라도 문을 걸어 잠그고 밖으로 나가지 않았다. 그는 항상 최 씨와 더불어 시를 지어 주고받으며 금실 좋게 행복한 시간을 보냈다. 그렇게 몇 년이 흘러갔다.

어느 날 저녁 최 씨가 이생에게 말했다.

"세 번이나 좋은 시절을 만났지만 세상일은 뜻대로 되지 않고 어그러지기만 하네요. 즐거움이 다하기도 전에 갑자기 슬픈 이별이 닥쳐오니 말이에요."

그러고는 마침내 오열하기 시작하였다. 이생은 깜짝 놀라서 물었다.

"무슨 일로 그러시오?"

최 씨가 대답하였다.

"저승길의 운수는 피할 수가 없답니다. 하느님께서 저와 당신의 연분이 아직 끝나지 않았고, 또 저희가 아무런 죄악도 저지르지 않았음을 아시고 이 몸을 환생시켜 당신과 지내며 잠시 시름을 잊게 해 주신 것이었어요. 그러나 인간 세상에 오랫동안 머물면서 산 사람을 미혹시킬 수는 없답니다."

최 씨는 시녀를 시켜 술을 올리게 하고는 「옥루춘(玉樓春)」[26]에 맞추어 노래를 부르면서 이생에게 술을 권하였다.

> 창과 방패가 눈에 가득한 싸움터
> 옥이 부서지고 꽃도 흩날리고 원앙도 짝을 잃네.
> 여기저기 흩어진 해골을 그 누가 묻어 주랴.
> 피에 젖어 떠도는 영혼 하소연할 곳 없어라.
>
> 무산선녀가 고당에 한번 내려온 후
> 깨졌던 거울이 거듭 갈라지니 마음만 쓰려라.

---

26) 노래의 제목.

이제 한번 이별하면 둘 사이 아득하니
하늘과 인간 사이에 소식마저 막히리라.[15]

최 씨는 한 마디씩 노래를 부를 때마다 눈물을 삼키느라 곡조를 제대로 이어가지 못하였다.

이생도 슬픔을 걷잡지 못하여 말하였다.

"내 차라리 당신과 함께 저세상으로 갈지언정 어찌 무료히 홀로 살아남을 수 있겠소? 지난번 난리를 겪은 후 친척과 종들이 뿔뿔이 흩어지고, 돌아가신 부모님의 유해가 들판에 버려져 있을 때 당신이 아니었다면 누가 부모님을 묻어 드릴 수 있었겠소? 옛 성현이 말씀하시기를 '어버이 살아 계실 때는 예로써 섬기고, 돌아가신 후에는 예로써 장사 지내야 한다.'라고 했는데 당신의 천성이 효성스럽고 인정이 두터웠기 때문에 이런 일을 다 처리할 수 있었던 것이오. 당신의 정성에 너무도 감격하지만 한편으로는 나 자신에 대한 부끄러움을 참을 길이 없었소. 부디 그대는 인간 세상에 더 오래 머물다가 백 년 후 나와 함께 흙으로 돌아가시구려."

최 씨가 대답하였다.

"당신의 목숨은 아직도 한참 더 남아 있지만 저는 이미 귀신의 명부에 이름이 실렸으니 이곳에 더 오래 머물 수가 없답니다. 만약 제가 굳이 인간 세상을 그리워하며 미련을 두어 운명의 법도를 어기게 된다면 단지 저에게만 죄과가 미치는 게 아니라 당신에게도 누를 끼치게 될 거예요. 다만 제 유해가 아무 곳에 흩어져 있으니 만약 은혜를 베풀어 주시려면 그것이나 거두어 비바람과 햇볕 아래 그냥 나뒹굴지 않게 해 주세요."

두 사람은 서로 바라보며 눈물만 줄줄 흘렸다.

"서방님, 부디 몸 건강하세요."

말을 마친 최 씨의 자취가 점차 희미해지더니 마침내 흔적도 없이 사라져 버렸다.

이생은 그녀의 유골을 거두어 부모님 무덤 곁에 묻어 주었다. 장사를 지낸 뒤 이생도 최 씨와의 추억을 생각하다 병을 얻어 몇 달 만에 세상을 떠나고 말았다.

이 이야기를 들은 사람들마다 애처로워하며 그들의 절의를 사모하지 않는 이가 없었다.

부벽정에서 취하여 놀다

취유부벽정기(醉遊浮碧亭記)

평양은 옛 조선의 서울이었다. 주(周)나라 무왕(武王)이 은(殷)나라를 이기고 기자(箕子)[1]를 방문하자, 기자가 홍범(洪範) 구주(九疇)의 법[2]을 일러 주었다. 무왕이 기자를 이 땅의 왕으로 봉하였지만 신하로 삼지는 않았다.

평양의 명승지로는 금수산(錦繡山), 봉황대(鳳凰臺), 능라도(綾羅島), 기린굴(麒麟窟), 조천석(朝天石), 추남허(楸南墟) 등이 있는데, 모두 옛 유적지다. 영명사(永明寺)의 부벽정(浮碧亭) 또한 그중 하나다.

---

1) 중국 은나라의 현자로 이름은 서여(胥餘)다. 폭군이었던 은나라 주왕에게 간언하다 투옥된 것을 무왕이 은나라를 정복한 뒤 풀어 주고 세상 다스리는 법을 물으니 홍범구주의 법을 일러 주었다고 한다. 기국(箕國)의 왕으로 봉해졌기 때문에 기자라고 통칭한다.

2) 『서경(書經)』 중 「주서(周書)」 편의 이름. 우임금이 정한 정치 도덕의 아홉 가지 원칙으로 홍범은 큰 법, 구주는 아홉 가지 부류라는 뜻이다.

영명사는 고구려 동명왕의 구제궁(九梯宮)[3] 터였다. 이 절은 성곽 밖 동북쪽으로 이십 리 되는 곳에 있었다. 긴 강을 굽어보고, 평원을 멀리 바라보며, 시야가 끝이 없으니 참으로 빼어난 경치였다.

그림을 그려 넣은 놀잇배와 장삿배들이 날 저물 무렵 대동문 바깥 버들 숲 우거진 곳에 정박하여 머물곤 했다. 그러면 사람들은 으레 강물을 거슬러 올라와서 이곳 영명사의 부벽정을 마음껏 구경하고 실컷 즐기다가 돌아가곤 하였다.

부벽정의 남쪽에는 돌을 다듬어 만든 층계가 있었다. 왼편에는 청운제(靑雲梯), 오른편에는 백운제(白雲梯)라고 돌에다 글자를 새겨 화주(華柱)[4]를 세워 놓았으므로 호사가들의 구경거리가 되었다.

천순(天順)[5] 초년, 송경(松京)[6]에 홍생이라는 부자가 있었다. 그는 나이가 젊고, 얼굴이 잘생겼으며, 풍류를 아는 데다 글도 잘 지었다. 한가위를 맞이하여 친구들과 함께 평양에 와서 베를 실로 바꾸어 가려 하였다.[7] 그가 타고 온 배가 선착장에 닿으니 성안의 이름난 기생들이 성문 밖으로 몰려나와 홍생에게

---

3) 『동국여지승람』에 의하면 동명왕의 궁궐인 구제궁이 영명사 자리에 있었다고 한다.
4) 길가에 이정표로 세우거나 무덤 앞에 세우던 돌기둥.
5) 명(明)나라 영종의 연호로 1457년에서부터 1464년까지인데 천순 초년인 1457년은 조선 세조 3년으로 세조가 단종을 죽인 해다.
6) 개성.
7) 물물교환을 말하는데 한편으로는 여자를 유혹한다는 의미를 담고 있기도 하다.

추파를 던졌다.

성안에는 홍생의 옛 친구인 이생이 살았는데 잔치를 베풀어 홍생을 잘 대접해 주었다. 홍생은 술이 잔뜩 취하여 배로 돌아왔으나 밤공기가 서늘하여 잠이 오지 않았다. 그는 문득 당(唐)나라 시인 장계(張繼)가 지은 「풍교야박(楓橋夜泊)」이라는 시를 떠올렸다. 그래서 맑은 흥취를 견디지 못해 작은 배에 올라 타고는 달빛을 싣고 노를 저어서 물살을 거슬러 올라갔다. 흥이 다하면 돌아가려고 했던 것인데 다다르고 보니 부벽정 밑이었다.

홍생은 닻줄을 갈대숲에 매어 두고 돌층계를 밟고 올라갔다. 난간에 기대어 먼 곳을 바라보며 낭랑하게 시를 읊고 청아한 소리로 휘파람도 불었다.

그때 달빛은 바다처럼 널리 비치고 물결은 흰 비단처럼 고운데, 기러기는 모래밭에서 울고 학은 소나무에서 떨어지는 이슬방울에 놀라 퍼덕였다. 늠름하고 꿋꿋한 기상이 절로 느껴지는 것이 마치 달나라나 신선이 사는 곳에라도 오른 듯하였다.

옛 도읍인 평양을 돌아보니 하얗게 회칠을 한 성벽에는 안개가 끼어 있고, 고즈넉한 성 밑으로는 물결만 부딪칠 뿐이었다. 기자가 고국 은나라가 망한 뒤 옛 도읍터를 지나다가 보리만 우거진 것을 보고 탄식하였던 것처럼 홍생 역시 절로 터져 나오는 탄식을 막을 길이 없었다. 그래서 시 여섯 수를 지어 읊었다.

부벽정 올라와 시흥을 못 견뎌 읊으니,
흐느끼는 강물은 애끊는 소리를 내며 흐르네.

고국엔 이미 용과 범 같던 기상 사라졌건만
황폐한 성은 여전히 봉황 모습 띠고 있네.
모래밭에 달빛이 흰데 기러기는 돌아갈 곳을 잃고
뜨락 풀밭에 연기 걷히자 반딧불 반짝이네.
풍경 쓸쓸하고 인간 세상도 바뀌어
한산사 깊은 곳에서 종소리만 들려오네.

임금님 계시던 궁궐에는 가을 풀만 쓸쓸하고
돌아드는 돌층계에 구름 덮여 길마저 희미해라.
청루 옛터에는 냉이 풀 우거졌는데
담장에 잔월 걸린 밤 까마귀만 우는구나.
풍류 즐기던 옛일은 티끌이 되었고
적막한 빈 성엔 납가새 풀만 가득하네.
오로지 강 물결만 옛날처럼 울며 울며
도도히 흘러 서쪽 바다로 향하누나.

대동강 물결은 쪽빛보다 더 푸르러
천고흥망이 한스러워 못 견디겠네.
우물에는 물이 말라 담쟁이만 드리웠고
이끼 낀 돌계단엔 능수버들만 늘어졌네.
타향의 풍월을 천 수 시로 읊고 보니
고국의 정회에 거나하게 술 취하네.
달 밝아 난간에 기대어 잠 못 이루는데
깊은 밤 계수나무 꽃잎이 살며시 떨어지네.

한가위 달빛이 더없이 고운데
외로운 성 바라볼수록 서글퍼라.
기자묘 뜨락에는 교목이 늙어 있고
단군 사당 벽 위에는 담쟁이가 얽히었네.
영웅들 적막하니 지금은 어디에 있는가.
초목만 희미하니 몇 해나 되었는가.
오직 그 옛날 둥근달만 남아 있어
맑은 빛 곱게 흘러 옷깃을 비추네.

동산에 달이 뜨니 까막까치 날아가고
밤 깊자 찬 이슬이 옷자락을 적시네.
천년 문물과 의관 다 없어졌고
만고강산에 성곽은 허물어졌네.
하늘에 오른 동명성왕께선 돌아오시지 않으니
영락한 세상 떠도는 이야기를 누구에게 의탁하랴.
황금 수레 기린마[8]도 이제는 자취 없어
풀 우거진 궁중 길에 스님 홀로 돌아가네.

차가운 가을 뜨락 풀잎이 옥 이슬에 시드는데
청운교와 백운교는 마주 보고 서 있구나.
수(隋)나라 병사들의 넋이 여울에서 흐느끼고
수양제의 정령은 원통한 쓰르라미 되었구나.

---

8) 기린마는 동명왕이 기린국에서 길렀다는 말로 이를 타고 하늘에 올랐다고
전해진다.

연기 낀 대로에는 수레마저 끊겼고

소나무 쓰러진 행궁에 저녁 종소리 울리네.

누각에 올라 시를 읊어도 그 누가 함께 즐길 건가.

달 밝고 바람 맑아 시흥은 사그들지 않는데.[1]

홍생은 시를 다 읊고 나서 손바닥을 치면서 자리에서 일어
나 춤을 추었다. 그리고 시 한 구절을 읊을 때마다 흐느껴 울
었다. 비록 뱃전을 두드리고 퉁소를 불며 서로 화답하는 즐거
움은 없었지만 마음 깊이 감개가 일었다. 그가 시를 읊는 소리
는 깊은 구렁에 잠긴 용을 춤추게 하고, 외로이 배에 앉은 과
부를 울릴 만하였다.

시를 다 읊고서 돌아가려 했을 때는 이미 밤이 깊어 삼경이
나 된 시각이었다. 그런데 갑자기 서쪽에서 발자국 소리가 들
리더니 홍생이 있는 곳으로 다가오기 시작했다.

홍생은 마음속으로 스님이 시 읊는 소리를 듣고 의아해서
찾아오는 것이겠거니 생각하고 그냥 앉아 기다렸다. 그런데 가
까이 왔을 때 보니 웬 아리따운 여인이었다.

그 여인의 좌우에는 두 시녀가 따르고 있었는데 한 시녀는
옥 자루가 달린 불자(拂子)[9]를 들었고, 다른 시녀는 비단부채
를 들고 있었다. 여인은 위엄이 있고 단정하여 귀한 집의 처자
같았다.

---

9) 먼지를 털거나 모기, 파리 등을 쫓기 위해 삼이나 짐승 털을 자루에 매단
물건.

홍생은 계단을 내려가 담장 틈 사이로 여인의 행동을 살펴보았다. 여인은 남쪽 난간에 기대서서 달을 바라보며 조용히 시를 읊조렸다. 그 풍류와 태도가 엄연하여 범절이 있었다. 시녀가 비단 방석을 받들어 바치자 여인이 얼굴빛을 고치고 자리에 앉아 낭랑한 목소리로 말하였다.

"여기서 조금 전에 시를 읊던 분은 지금 어디에 있나요? 저는 꽃과 달의 요정도 아니요, 연꽃 위를 거니는 주희(姝姬)[10]도 아니랍니다. 다행히도 오늘 밤 만리 장공 넓은 하늘에는 구름이 걷히어 달은 날아갈 듯하고, 은하수도 맑군요. 달빛 속 계수나무 열매가 떨어지고, 백옥루[11] 궁전은 차디차기에 술 한 잔과 시 한 수로 그윽한 심정을 유쾌히 풀어 볼까 하는 것뿐이에요. 이렇게 좋은 밤을 어찌 하겠어요."

홍생은 그 말을 듣고 한편으로는 두려우면서도 한편으로는 기쁘기도 하여 어찌 할까 머뭇거리다가 가늘게 기침 소리를 내었다. 그러자 시녀가 소리가 나는 곳을 찾아와 청하였다.

"저희 아가씨께서 모시고 오라십니다."

홍생은 조심스럽게 나아가서 절을 하고 꿇어앉았다. 여인은 그다지 어려워하지 않으며 말하였다.

"그대도 이리로 올라오세요."

시녀가 낮은 병풍으로 앞을 살짝 가렸으므로 서로 얼굴을 반만 볼 수 있었다. 여인이 조용히 말하였다.

"그대가 조금 전에 읊은 시는 무슨 뜻인가요? 저에게 들려

---

10) 아름다운 여인. 연꽃 위를 걷는 아름다운 여인이란 남조시대 제(齊)나라의 반귀비(潘貴妃)를 일컫는 듯하다.
11) 달에 있는 궁전으로 백옥으로 장식되었다고 함.

주세요."

홍생이 그 시들을 하나씩 낭송하자 여인이 웃으며 말하였다.

"그대는 저와 함께 시에 대해 얘기할 만하군요."

그리고 시녀에게 명하여 술을 한 차례 올리게 했는데 차려
놓은 음식이 인간 세상의 것 같지 않았다. 한 입 씹어 보니
딱딱하여 먹을 수가 없었고, 술도 너무 써서 마실 수가 없었다.

여인이 빙그레 웃으며 말하였다.

"속세의 선비가 어찌 백옥례(白玉醴)[12]와 홍규포(紅虬脯)[13]
를 알겠어요?"

여인이 시녀에게 명하였다.

"너는 신호사(神護寺)에 가서 절밥을 조금만 얻어 오너라."

시녀는 명을 받들고 가서 잠시 후에 절 밥을 얻어 가지고
돌아왔다. 그런데 밥만 있고 반찬이 없었다. 여인이 또 시녀에
게 명하였다.

"애야, 주암(酒巖)[14]에 가서 반찬도 얻어 오너라."

얼마 지나지 않아 시녀가 잉어 구이를 얻어 왔다. 홍생은 그
음식들을 먹었다. 그가 음식을 다 먹고 나자 여인이 홍생의 시
에 맞추어 그 의미에 화답하기 위해 향기로운 종이에 시를 적
었다. 그리고 시녀를 시켜 홍생에게 전달하였는데 그 시는 이
러하였다.

---

12) 신선이 마시는 단술.
13) 용 고기로 만든 포.
14) 『동국여지승람』에서 이르기를 술이 바위틈에서 흘러나와 술바위라 이름
하였는데 평양 동북쪽 10리 되는 곳에 있다고 한다.

부벽정의 오늘 밤 달빛 더욱 밝은데
맑은 이야기에 감개가 어떠한가.
어렴풋한 나무 빛은 푸른 일산처럼 펼쳐져 있고
넘실대는 저 강물은 비단 치마를 두른 듯.
세월은 나는 새처럼 홀연히 지나갔고
세상일도 물살 같아 거듭 놀라워라.
이 밤 정회를 그 누가 알아주랴.
이따금 종소리만 깊은 숲 너머로 들려오네.

옛 성 남쪽을 바라보니 대동강이 분명하고
푸른 물결 밝은 모래밭에 기러기 떼 울고 있네.
기린 수레 오지 않고 용은 이미 떠났으니
봉황 소리 끊어지고 흙무덤만 남았구나.
개었던 산에 다시 비 뿌리려 할 때 시는 다 이루었는데
들판 절에 인적 없어 홀로 술에 취하였네.
가시덤불에 묻힌 구리 낙타를 차마 보지 못하겠네.
천년 옛 자취가 뜬구름 되었어라.

풀뿌리에 귀뚜라미 차갑다고 울어 댈 때
높은 정자 올라 보니 생각조차 아득해라.
비 그치고 구름 흩어지니 지난 일 가슴 아프고
떨어진 꽃 흐르는 물에 세월이 느껴지네.
가을 기운 담은 물살 밀물 소리 웅장하고
강에 잠긴 누각엔 달빛이 처량해라.
이곳이 지난날의 문물 번성했던 곳

황폐한 성 거친 나무가 남의 애를 끊누나.

금수산(錦繡山) 언덕 앞에 비단이 쌓여 있고
강가의 단풍이 옛 성 후미진 곳을 비추네.
어디선가 또닥또닥 다듬이 소리 구슬프고
뱃노래 한 가락에 고깃배가 돌아오네.
바위에 기댄 고목에는 쑥 넝쿨 얽혀 있고
풀 속에 쓰러진 비석에는 이끼가 끼었구나.
말없이 난간에 기대어 지난 일을 생각하니
달빛과 파도 소리 모두 다 슬퍼라.

듬성듬성 별들은 하늘에 박혀 있고
은하수 맑고 옅어 달빛 더욱 또렷해라.
이제야 호사한 옛일이 모두 허사임을 알겠네.
다음 생을 점치기 어려우니 이생에서 만나세.
좋은 술 한 동이로 취해 본들 어떠리.
풍진 세상의 일일랑 마음에 두지 말자.
만고의 영웅들도 티끌이 되었으니
세상에 남은 것은 죽은 뒤의 이름뿐이라네.

이 밤을 어이하랴, 밤이 이미 깊어
나지막한 담장 위에 잔월이 둥글구나.
그대는 나와 두 세상을 떨어져 있어도[15]

---

15) 서로 다른 세상에 격리되어 있다는 말.

나를 만났으니 한없는 즐거움을 누려 보세.

강가 아름다운 누각에 사람들 흩어지고

계단 앞 옥 나무에는 이슬이 내리네.

훗날 언제 서로 만날지 알고 싶은가.

봉래산에 복숭아 익고[16] 푸른 바다 마를 때라네.[2]

홍생은 시를 받아 보고 기뻐하였다. 그러나 한편으로는 그녀가 돌아갈까 봐 걱정스럽기도 해서 이야기를 하면서 붙잡아 두려고 이렇게 물었다.

"그대의 성씨와 족보를 여쭈어도 되겠습니까?"

여인이 한숨을 쉬더니 대답하였다.

"저는 은나라 임금의 후손이며 기 씨의 딸이랍니다. 우리 선조이신 기자께서는 이 땅에 봉해지신 후 실로 예악과 정치 제도를 모두 탕왕[17]의 가르침에 따라 행하셨고, 팔조(八條)의 금법(禁法)[18]으로 백성들을 가르치셨지요. 덕분에 문물제도가 갖추어져 천년 이상 찬란하게 빛났더랬지요. 그런데 하루아침에 나라의 운수가 어려워지고 재앙과 환난이 닥쳐와 저의 선친 준왕께서 필부[19]의 손에 패배하여 마침내 종묘사직을 잃고 말았습니다. 위만이 이 틈을 타서 보위를 훔치니 조선의 왕업이

---

16) 곤륜산 서쪽 서왕모가 사는 곳에 있는 복숭아나무는 삼천 년에 한 번 과실을 맺는다고 한다.

17) 하(夏)나라의 폭군 걸왕을 쳐서 정벌하고 은나라를 세운 임금.

18) 여덟 가지 금지하는 법규로 기자가 조선에 와서 이를 만들어 백성을 교화했다고 전한다.

19) 연(燕)나라 사람 위만을 가리킨다.

추락하게 되었지요. 저는 이리저리 떠돌며 어려움을 겪는 와중에도 절개를 굳게 지키기로 다짐하고 죽기만을 기다릴 뿐이었습니다. 그때 홀연히 한 신인(神人)이 나타나 저를 다독이시며 이렇게 말씀하셨습니다.

'나는 이 나라의 시조이니라. 나라를 잘 다스린 후에 바다의 섬으로 들어가 신선이 되어 죽지 않고 수천 년을 살고 있다. 너도 나를 따라 천제와 신선들이 사는 하늘나라에 올라가 즐겁게 노닐겠느냐?'

제가 응낙하자 그분이 저를 이끌고 자기가 사는 곳으로 가서 별당을 지어 머물게 하셨지요. 그리고 저에게 현주(玄洲)[20]의 불사약을 먹게 해 주셨습니다. 그 약을 먹고 몇 달이 지나자 갑자기 몸이 가벼워지고 기운이 강건해지더니 날개가 나서 신선이 되는 듯했지요. 그때부터 하늘 끝과 땅끝을 오가고, 천지 사방을 돌아다니며 동천복지(洞天福地)[21]를 찾아 십주(十洲)[22]와 삼도(三島)[23]를 유람하지 않은 곳이 없답니다.

어느 날 가을 하늘이 활짝 개고 하늘나라가 청명하여 달빛이 물처럼 맑을 때 우러러 달을 쳐다보니 표연히 멀리 떠나가 보고 싶은 생각이 들더군요. 그래서 마침내 달나라에 올라가서 광한청허지부(廣寒淸虛之府)[24]에 들어가 수정궁 안에 계신

---

20) 북해에 있다는 섬으로 신기한 풀이 풍부하다고 한다.
21) 천하에 이름난 산과 경치 좋은 곳을 말하는데 36동천과 72복지가 있다고 한다.
22) 신선이 산다는 열 곳의 대륙.
23) 신선이 사는 세 섬으로 동해에 있다. 봉래산, 방장산, 영주산을 말한다.
24) 왕인유가 지은 『천보유사』에서 당나라 현종이 달나라 궁전에서 놀다가 현판을 보니 '광한청허지부'라고 씌어 있었다고 하였다.

항아를 배알하였지요. 항아는 저를 절개가 곧고 문장이 뛰어난 여인이라고 칭찬하면서 이렇게 달래었답니다.

'인간 세상의 선경은 아무리 복지(福地)라 해도 티끌일 뿐이다. 하늘나라에 올라와 흰 난새를 타고 붉은 계수나무 아래서 맑은 향내를 맡으며, 푸른 하늘에서 달빛을 몸에 두르고 옥경[25]에서 즐겁게 놀거나 은하수에서 헤엄치며 노는 것만 하겠느냐?'

그러고는 저를 향안(香案)[26] 받드는 시녀로 삼아 곁에 있게 해 주었는데 그 즐거움은 이루 말할 수 없었답니다. 그런데 오늘 밤 문득 고향 생각이 나서 인간 세상을 내려다보며 고향 땅을 굽어 살펴보았지요. 산천은 그대로인데 사람들은 달라졌고, 밝은 달빛이 연기와 티끌을 가리고 이슬이 대지에 쌓인 먼지를 깨끗이 씻어 놓았기에 하늘나라를 잠시 하직하고 살며시 내려왔어요. 조상님 산소에 절하고, 강가 정자나 구경하면서 정회를 풀어 볼까 했는데 마침 글 잘 아는 선비를 만나고 보니 한편으로는 기쁘기도 하고 한편으로는 부끄럽기도 하군요. 그대의 아름다운 시에 빗대어 감히 노둔한 붓을 펼쳐 화답하였지만 감히 시라고 지은 것이라기보다 그저 마음속에 품은 감회를 펼쳐 보이려는 것뿐이랍니다."

홍생이 두 번 절하고 머리를 조아리며 말하였다.

"아래 세상의 우매한 사람은 초목과 함께 썩는 게 마땅합니다. 어찌 감히 왕손이신 선녀를 모시고 시를 주고받게 될 줄 알았겠습니까?"

---

25) 옥황상제가 산다는 하늘나라의 서울로 백옥경이라고도 한다.
26) 향로나 촛대를 놓는 상.

홍생은 바로 그 자리에서 여인이 지은 시를 훑어보고 외운 후 다시 엎드려 말하였다.

"우매한 이 사람은 전세에 지은 죄가 깊고도 두터워 신선의 음식을 먹을 수가 없습니다만 다행히도 글자의 획이나마 대강 알아서 선녀께서 지으신 노래를 조금은 이해할 수 있습니다. 참으로 기이한 일입니다. 네 가지 즐거움[27]을 다 갖추기가 어려운 법인데 이제 그 네 가지가 다 갖추어졌으니 '강가 정자에서 가을밤에 달을 구경하다.(江亭秋夜玩月)'로 시제를 삼아서 사십 운의 시를 지어 저를 가르쳐 주십시오."

여인이 고개를 끄덕이더니 붓을 적셔 단번에 내리쓰는데 마치 구름과 안개가 뒤얽힌 듯하였다. 붓을 달려 완성한 시는 이러하였다.

> 부벽정 달 밝은 밤에
> 먼 하늘에서 맑은 이슬 내렸네.
> 맑은 빛은 은하에 잠기고
> 천상의 깨끗한 기운 오동나무에 서려 있네.
> 눈부시게 깨끗한 삼천리
> 곱디고운 열두 누각.
> 미세한 구름에 반점 티끌도 없는데
> 가벼운 바람이 눈동자를 스쳐 가네.
> 넘실넘실 흐르는 물을 따라

---

27) 원문은 사미(四美). 좋은 계절, 아름다운 경치, 이를 즐기는 마음, 유쾌하게 노는 일을 말한다.

아스라이 떠나는 배를 전송하네.

봉창으로 엿보니

억새 꽃이 물가에 어리비치네.

예상곡(霓裳曲)[28]을 듣는 듯

옥도끼로 만든 작품을 보는 듯.

진주조개로 용궁을 지으니

무소의 빛이 염부주(閻浮洲)[29]에 비치는구나.

지미(知微)[30]와 함께 달구경하고

공원(公遠)[31]을 따르며 놀고 싶어라.

달빛 차가우니 위(魏)나라 까치가 놀라고[32]

달 그림자 비추자 오(吳)나라 소가 헐떡이네.[33]

은은한 달빛이 푸른 산을 두르고

둥근 달이 푸른 바다에 떴는데

그대와 함께 문을 열어젖히고

흥에 겨워 주렴을 걷어 올리네.

이태백은 술잔을 멈추고

오강[34]은 계수나무를 찍었지.

---

28) 달나라의 음악.

29) 수미산의 남쪽 바다 가운데 있는 세모꼴의 섬으로 커다란 염부나무가 무성하다고 한다. 혹자는 인도라고도 한다.

30) 당나라의 술사 조지미가 도술을 써서 장마 중에도 달구경을 했다고 한다.

31) 당나라의 도사로 현종과 더불어 월궁에서 노닐었다는 전설이 있다.

32) 삼국시대에 조조와 유비, 손권이 적벽강에서 싸울 때 달이 밝자 까막까치가 화공(火攻)이 있을 것을 미리 알고 남쪽으로 날아갔다고 한다.

33) 오나라는 더운 지방이라 물소가 달을 보고도 해인 줄 알고 헐떡인다고 한다.

흰 병풍에 광채가 찬란하고
비단 휘장엔 수가 아로새겨져 있네.
보배로운 거울을 닦아 내어 걸었더니
얼음 바퀴 굴러 굴러 멈추지 않네.
금물결은 어찌 그리 아름다운가.
은하수는 참으로 유유히 흐르는구나.
칼을 뽑아 요사스러운 두꺼비를 쳐 없애고
그물 펼쳐 교활한 토끼를 잡아 보세.
하늘 갈림길에 새로이 비가 개고
돌길에는 맑은 안개가 걷혔는데,
난간은 천 그루 나무를 압도하고
계단은 만 길 못을 굽어보네.
머나먼 곳에서 그 누가 길을 잃었나.
고국에서 다행히 친구를 만났네.
복사꽃과 오얏 꽃을 서로 주고받고
가득 부은 술잔도 주고받았네.
초에다 금을 그어 좋은 시를 다투고[35]
산가지 더해 가며 향기로운 술을 마시네.
화로 속에선 까만 숯불이 튀고
솥에서는 물거품이 보글보글.
오리 모양 향로에선 용연향[36]이 풍겨 오르고

---

34) 한나라 사람으로 달 속에 있는 계수나무를 깎았다고 한다.

35) 초에 금을 그어 놓고, 그 금까지 초가 타들어 가기 전에 시를 짓는 내기로 이규보 등이 즐겨 했다고 한다.

36) 용이 교미하여 정액이 바다에 흐른 것을 말려 가루로 만든 것이라 한다.

큰 술잔엔 경액주[37] 가득하여라.

외로운 소나무에선 놀란 학이 울고

사방 벽 안에선 귀뚜라미가 근심스럽게 우네.

호상(胡牀)[38]에서 은호(殷浩)와 유량(庾亮)이 이야기하고[39]

진(晋)나라 물가에선 사상(謝尙)과 원굉(袁宏)이 노닐었지.[40]

어스름하게 황폐한 성터에

쓸쓸히 초목만 우거졌는데

푸른 단풍잎은 묵중히 흔들리고

누런 갈대는 사각사각 차갑구나.

아름다운 경치, 하늘과 땅이 광활한데

티끌세상엔 세월도 빠르구나.

옛 궁궐엔 벼와 기장 여물었고

사당에는 가래나무와 뽕나무가 늘어졌네.

향내는 깨진 비석에만 남아 있으니

흥망은 갈매기에게나 물어보리.

달님은 기울었다 다시 차건만

인간사 세상살이는 하루살이 같아라.

궁궐은 절간이 되고

---

37) 맛 좋은 술(美酒)을 말한다.

38) 의자의 일종으로 보통 의자보다 크고 등받이가 있다.

39) 진(晋)나라의 은호는 유량의 부하였지만 신분의 차이를 초월하여 친하게
    사귀었다. 여기서는 일개 서생에 불과한 홍생이 왕녀와 만나 담소하는 것을
    비유하였다.

40) 진(晋)나라의 사상이 우저(牛渚)의 장관이 되어 배를 띄우고 달 놀이를
    하는데 마침 원굉도 뱃놀이를 나왔다가 둘이 밤새도록 환담하였다.

옛 임금은 호구(虎丘)에 묻혔도다.[41]
반딧불은 휘장 너머에서 깜빡이고
도깨비불은 숲 속에 그윽하네.
옛일을 조문하자면 눈물만 떨어지고
지금 세상 생각하자면 수심이 절로 이누나.
단군 옛터에는 목멱산[42]만 남아 있고
기자의 도읍에는 도랑물만 흐르네.
굴속에는 기린마[43]의 자취가 있고
들판에는 숙신의 화살[44]이 남았는데
난향[45]은 하늘로 돌아가고
직녀도 용을 타고 떠나가네.
글 짓는 선비는 화려한 붓을 놓고
선녀도 공후를 멈추었네.
곡이 끝나 사람들 흩어지고
고요한 바람에 노 젓는 소리만 부드러워라.[3]

　여인은 시를 다 쓰고 난 뒤 붓을 던지고 공중으로 솟구쳐
올라가 버렸는데 어디로 갔는지 알 수가 없었다. 여인이 돌아
가면서 시녀를 시켜 홍생에게 말을 전하였다.

---

41) 오왕 합려를 장사한 지 사흘 만에 호랑이가 무덤 위에 앉았으므로 호구
　　라 한다.
42) 일반적으로 서울의 남산을 목멱산이라고 하지만 여기서는 평양 동쪽에
　　있는 산을 지칭하는 것이다.
43) 고구려 시조 동명왕이 탔던 기린마.
44) 숙신은 고조선 시대 만주 지방에 있던 나라로 이곳의 화살이 유명했다.
45) 선녀 두난향. 어부 밑에서 자라다가 선녀가 되어 하늘로 올라갔다고 한다.

"옥황상제의 명이 지엄하셔서 이제 그만 흰 난새를 타고 돌아가려 합니다. 맑은 이야기를 다하지 못하였기에 매우 섭섭하군요."

얼마 후 회오리바람이 불어와 땅을 휘감더니 홍생이 앉았던 자리를 걷고 시도 낚아채 갔는데 역시 간 곳을 알 수 없었다. 아마도 기이한 이야기를 인간 세상에 전파하지 못하게 하려는 것 같았다.

홍생은 정신을 차린 후 그 자리에 선 채 가만히 생각해 보았다. 꿈인 것 같으나 꿈은 아니고, 참인 듯하지만 참도 아니었다. 홍생은 난간에 기대서서 정신을 모으고는 여인의 말들을 모두 되새겨 보았다. 그리고 기이하게 만났지만 정회를 다 풀지 못한 것이 애석하여 조금 전의 일들을 회상하면서 시를 읊었다.

양대(陽臺)[46]에서 꿈속에 임을 만났네.
어느 해에나 옥소[47]가 돌아오는 것을 다시 보려나.
무정한 강물조차도
슬피 울며 이별한 강 언덕을 흘러가는구나.[4]

홍생은 시를 다 읊고 나서 사방을 둘러보았다. 산 속 절에

---

46) 초(楚)나라 회왕과 양왕이 꿈에 선녀를 만났다는 곳인데 여기서는 부벽정을 가리킨다.
47) 당나라 위고가 시비 옥소와 정을 나눈 후 부부가 되기로 약속하였는데 고향에 갔다가 기한 내에 돌아오지 못하자 그를 기다리던 옥소가 음식을 입에 대지 않다가 죽었다. 뒤에 옥소는 환생하여 위고의 시첩이 되었다.

서 종이 울리고, 강변 마을에서 닭이 울었다. 어느새 달은 성 서쪽으로 기울고, 샛별만 반짝이고 있었다. 다만 뜨락에서 쥐 찍찍대는 소리가 들리고, 자리 밑에서 벌레 소리만이 들릴 뿐 이었다.

홍생은 쓸쓸하고도 슬펐으며, 숙연하고도 두려워졌다. 마음 이 서글퍼져서 더 이상 그곳에 머물 수가 없었다. 하지만 돌아 와 배에 오르고서도 여전히 마음이 우울하고 답답하였다. 그 가 전날 놀던 강 언덕으로 배를 저어 가니 친구들이 다투어 물었다.

"어젯밤에는 어디서 자고 왔는가?"

홍생은 거짓으로 대답하였다.

"어젯밤에는 낚싯대를 메고 달빛을 따라 장경문 밖 조천석 기슭까지 가서 비단잉어를 낚으려고 하였지. 그런데 밤기운이 서늘하고 물이 차서 붕어 한 마리도 못 낚았다네. 어찌나 안타 깝던지."

친구들도 그 말을 의심하지 않았다.

그 후 홍생은 여인을 그리워하며 앓다가 몸이 허약해지고 파리해지는 병을 얻었다. 그래서 친구들보다 먼저 집으로 돌아 왔지만 정신이 몽롱하고 말에 두서가 없어졌다. 침상에 누워 뒤척인 지가 오래되었어도 병이 낫지 않았다.

홍생이 어느 날 꿈에 옅게 화장을 한 여인을 보았는데 그 여인이 그에게 와서 말하였다.

"우리 아가씨께서 선비님의 이야기를 옥황상제께 아뢰었더 니 옥황상제께서 선비님의 재주를 아까워하셔서서 견우성 휘하

에 예속해 종사관으로 삼으라 하셨습니다. 옥황상제께서 선비
님께 명하셨으니 어찌 피하겠습니까?"

홍생은 놀라 꿈에서 깨었다. 그리고 집안사람들에게 자기 몸
을 목욕시키고 옷을 갈아입히게 하였다. 또 향을 피우고 땅을
소제한 뒤 뜨락에 자리를 펴게 하였다. 그러고는 턱을 괴고 잠
깐 누웠다가 갑자기 세상을 떠났는데 바로 9월 보름날이었다.

그의 시신을 빈소에 모신 지 며칠이 지나도록 얼굴빛이 변
하지 않았다. 사람들은 그가 신선을 만나서 육체를 버리고 신
선이 된 것이라고 말하였다.

남염부주에 가다
남염부주지(南炎浮洲志)

명나라 성화(成化)[1] 초년에 경주에 박생이라는 사람이 살고 있었다. 그는 유학에 뜻을 두고 열심히 공부하였다. 일찍부터 태학관[2]에서 공부하였으나 한 번도 과거에 합격하지 못하여 늘 불만스러운 감정을 품고 지냈다.

　그러나 그의 뜻과 기상이 높고도 씩씩하여 세력을 가진 자 앞에서도 굽히지 않았으므로 사람들은 그를 자부심이 강하고 의협심이 있다고 생각하였다. 또한 사람들과 이야기를 나눌 때는 순박하고 온순하였으므로 마을 사람들이 모두 그를 칭찬하였다.

　박생은 일찍부터 부도(浮屠)[3]나 무격, 귀신 등의 이야기에

---

1) 명(明)나라 헌종의 연호로 1465년부터 1487년까지인데 성화 초년을 우리나라로 치면 세조 11년에 해당한다.
2) 성균관.
3) 불교.

대하여 의심을 품고 있었지만 아직 어떤 결단을 내리지는 못하고 있었다. 그러다가 『중용』을 읽고, 『주역』을 참고한 후부터는 자기의 생각에 자신감을 가지고 더 이상 흔들리지 않게 되었다.

그는 성품이 순박하고 온후하였으므로 스님들과도 사귀었는데 마치 한유(韓愈)[4]가 태전(太顚)[5]과 사귀고, 유종원(柳宗元)[6]이 손상인(巽上人)[7]과 사귀는 것과 같았으나 가깝게 사귀는 이는 두세 사람에 불과했다. 스님들도 그를 문사로서 사귀었다. 마치 혜원(慧遠)이 종병(宗炳), 뇌차종(雷次宗)과 사귀고,[8] 지둔(支遁)이 왕탄지(王坦支), 사안(謝安)과 사귀었던 것처럼[9] 그를 막역한 벗으로 여겼다.

어느 날 박생이 한 스님에게 천당과 지옥의 설에 대하여 묻다가 다시 의심이 생겨서 이렇게 말하였다.

"하늘과 땅에는 하나의 음과 양이 있을 뿐인데 어찌 이 하늘과 땅 밖에 또 다른 하늘과 땅이 있겠습니까? 그것은 반드시 잘못된 이야기입니다."

그가 스님에게 물었으나 스님 역시 딱 잘라 대답하지는 못하였다. 그저 죄와 복은 지은 데 따라 응보가 있다는 설로써

---

4) 당(唐)나라의 문장가.
5) 당나라의 고승. 한유와 가까이 사귐.
6) 당나라의 문장가.
7) 당나라의 고승. 유종원과 가까이 사귐.
8) 혜원은 진(晋)나라의 이름난 스님인데 당대의 이름난 문사였던 종병, 뇌차종과 가깝게 지냈다.
9) 지둔도 진(晋)나라의 이름난 스님인데 당대의 유명 인사였던 왕탄지, 사안 등과 교류하였다.

대답할 뿐이었다. 박생은 마음속으로 승복할 수가 없었다.

박생은 일찍이 「일리론(一理論)」이라는 글을 지어서 자신을 경계했는데 이는 이단의 유혹에 빠지지 않기 위해서였다. 그 대략은 이러하였다.

나는 일찍이 천하의 이치[理]는 하나일 뿐이라고 들었다. 한 가지란 무엇인가? 두 이치가 아니란 뜻이다. 이치란 무엇인가? 천성(天性)을 말한다. 천성이란 무엇인가? 하늘이 명한 바다.

하늘이 음양(陰陽)과 오행(五行)으로써 만물을 만들 때에 기(氣)로써 형체를 이루었는데 이(理)도 또한 거기에 함께 할당되는 것이다. 이른바 이라는 것은 일용 사물에 있어서 각각 조리를 가지는 것이다. 아버지와 아들 사이를 두고 말하자면 사랑을 다하여야 하고, 임금과 신하의 사이를 말하자면 의리를 다하여야 하며, 지아비와 지어미, 어른과 아이에 이르기까지 각기 마땅히 행해야 할 길이 있다. 이것이 이른바 도(道)로서 이가 우리 마음에 갖추어져 있는 것이다.

이 이치를 따르면 어디를 가든지 불안하지 않지만, 이 이치를 거슬러서 천성을 어기면 재앙이 미치게 된다. 궁리진성(窮理盡性)[10]은 이 이치를 연구하는 것이요, 격물치지(格物致知)[11]도 이 이치를 연구하는 것이다.

사람은 날 때부터 모두 이 마음을 가졌으며, 또한 이 천성을 모두 갖추었다. 천하의 사물에도 또한 이 이치가 갖추어지지 않

---

10) 하늘의 이치를 궁구하고, 사람의 본성을 다하게 한다.
11) 사물의 이치를 연구하여 지식을 확충한다.

은 것이 없다. 마음의 허령(虛靈)함[12]으로써 천성의 자연스러움을 따라가서 만물에 나아가 이치를 연구하고, 일마다 근원을 추구하여 그 극치에 이르게 되기를 구한다면 천하의 이치가 분명히 드러나지 않을 것이 없으며, 이치의 지극함이 마음속에 빽빽이 들어서지 않음이 없을 것이다.

이로부터 추리해 보면 천하와 국가도 모두 여기에 포괄되고 해당될 것이니 천지 사이에 참여하여도 어긋남이 없을 것이요, 귀신에게 질문하더라도 미혹되지 않을 것이요, 고금을 두루 지나더라도 추락하지 않을 것이다. 유학자가 할 일은 오직 여기서 그칠 따름이다. 천하에 어찌 두 가지 이치가 있겠는가? 저 이단의 설을 나는 믿지 않는다.

하루는 박생이 자기 방 안에서 한밤중에 등불을 돋우고 『주역』을 읽다가 베개를 괴고 얼핏 잠이 들었다. 꿈속에 홀연히 한 나라에 이르게 되었는데 그곳은 넓은 바다 한가운데에 있는 어떤 섬이었다.

그 땅에는 본래 풀이나 나무가 없었고, 모래나 자갈도 없었다. 발에 밟히는 것이라고는 모두 구리가 아니면 쇠였다. 낮에는 뜨거운 불길이 하늘까지 뻗쳐 땅덩이가 녹아내리는 듯하였고, 밤에는 서늘한 바람이 서쪽에서 불어와 사람의 살과 뼈를 에는 듯하니 몸에 부딪히는 타파(咤婆)[13]를 견딜 수가 없었다.

바닷가에는 쇠로 된 벼랑이 성처럼 둘러싸여 있었는데 거기

---

12) 마음의 본체가 공허하여 형체가 없으나 그 실체는 밝고도 신령스럽다.
13) 불교에서 쓰는 말로 장애를 뜻한다.

에는 굉장한 철문 하나가 굳게 잠겨 있었다. 문을 지키는 사람은 주둥이와 송곳니가 튀어나와 모질고 사납게 생겼는데 창과 쇠몽둥이를 쥐고 바깥에서 오는 자들을 막고 있었다.

성안에 거주하는 백성들은 철로 지은 집에 살고 있었기 때문에 낮에는 불에 데어 문드러지고 밤에는 살갗이 얼어붙어 갈라지고는 하였다. 오직 아침과 저녁에만 사람들이 꿈틀거리며 웃고 이야기하는 것 같았다. 그러나 그다지 괴로워하는 것 같지도 않았다.

박생이 깜짝 놀라 머뭇거리자 수문장이 그를 불렀다. 박생은 당황하였지만 명령을 따르지 않을 수 없어 멈칫거리며 앞으로 나아갔다. 수문장이 창을 곧추세운 채 물었다.

"그대는 어떤 사람이오?"

박생은 두려움에 떨면서 대답하였다.

"저는 아무 나라 아무 곳에 사는 아무개이온데 세상 물정을 모르는 유학자입니다. 감히 영관(靈官)[14]을 모독했사오니 죄를 받는 것이 마땅하겠지만 부디 너그럽게 용서하여 주십시오."

박생이 엎드려 두 번 세 번 절하면서 당돌함을 사죄하자 수문장이 말하였다.

"유학자라는 자들은 위협을 당하여도 굽히지 않는다고 하던데 그대는 어찌 이렇게 체신 없이 굽신거린단 말이오? 우리들이 이치를 잘 아는 군자를 만나고 싶어 한 지가 오래되었소. 우리 임금님께서 그대와 같은 군자를 만나 보고 동방에 한 말씀을 전하고 싶어 하신다오. 잠시 앉아 기다리시오. 내가 임금

14) 선경(仙境)의 관원. 선관(仙官).

님께 아뢰겠소."

말을 마친 후 수문장은 빠른 걸음으로 성안으로 들어갔다. 그리고 얼마 뒤에 다시 나와서 박생에게 말하였다.

"임금님께서 그대를 편전(便殿)[15]에서 만나시겠다고 하니 그대는 아무쪼록 정직한 말로 대답하시오. 위엄이 두려워서 할 말을 숨겨서는 안 되오. 우리나라 백성들로 하여금 올바른 길〔大道〕의 요지를 들을 수 있게 해 주시오."

문지기의 말이 끝나자 검은 옷을 입은 동자와 흰옷을 입은 동자가 손에 문서를 들고 나왔다. 하나는 검은 바탕에 푸른 글자로 쓴 것이고, 다른 하나는 흰 바탕에 붉은 글자로 쓴 것이었다. 두 동자가 그것들을 박생의 왼쪽과 오른쪽에서 펼쳐서 보여 주었다. 박생이 붉은 글자를 들여다보니 거기에 박생의 이름이 적혀 있고 이렇게 씌어 있었다.

"현재 아무 나라에 사는 박 모는 이승에서 지은 죄가 없으므로 이 나라의 백성이 될 수 없다."

박생이 동자에게 물었다.

"나에게 이 문서를 보이는 이유가 무엇이오?"

동자가 대답하였다.

"검은 바탕의 문서는 악인의 명부이고, 흰 바탕의 문서는 선인의 명부입니다. 선인의 명부에 실린 사람은 임금님께서 선비를 초청하는 예로 맞이하십니다. 악인의 명부에 실린 사람도 처벌하시지는 않지만 천민이나 노예로 대우하십니다. 임금님께서 선비님을 보시면 마땅히 예를 극진히 하실 것입니다."

---

15) 임금이 쉬고 즐기는 별전.

동자는 말을 마친 뒤 명부를 가지고 들어갔다.

잠시 후 바람처럼 빠르고, 보석으로 치장한 수레가 왔는데 수레 위에는 연꽃 모양의 자리가 설치되어 있었다. 또 예쁜 동자와 동녀가 있었는데 한 사람은 부채를 잡았고 한 사람은 일산(日傘)을 들고 있었다. 무사와 나졸들은 창을 휘두르며 물렀거라 소리를 외쳐 댔다.

박생이 머리를 들고 멀리 바라보니 쇠로 된 성이 세 겹으로 둘러 있고, 으리으리하게 높은 궁궐이 금으로 된 산 아래 있었는데 화염이 하늘까지 닿도록 이글이글 타오르고 있었다.

길가를 둘러보니 사람들이 화염 속에서 넘실거리는 구리와 녹아내린 쇳물을 마치 진흙이라도 밟듯이 하면서 걸어 다녔다. 박생의 앞으로 뻗은 길은 수십 걸음쯤 되어 보였는데 숫돌같이 평탄하였으며, 쇳물이나 뜨거운 불도 없었다. 아마도 신통한 힘으로 바꾸어 놓은 것 같았다.

왕의 성에 이르니 사방의 문이 활짝 열려 있었는데 연못가의 누각이 하나같이 인간 세상의 것과 같았다. 아름다운 두 선녀가 나와서 절을 하고는 박생을 안으로 모셨다.

왕은 머리에 통천관(通天冠)[16]을 쓰고, 허리에 문옥대(文玉帶)[17]를 둘렀으며, 손에는 규(珪)[18]를 잡고 계단 아래로 내려와서 박생을 맞이하였다. 박생은 땅바닥에 엎드려 감히 쳐다보지

---

16) 임금이 정사를 볼 때 쓰는 관.
17) 문채 나는 옥으로 만든 띠.
18) 길쭉한 옥으로 만든 홀로 나라에 큰일이 있을 때 이것을 손에 잡고 나와서 신표로 삼았다.

를 못하였다. 임금이 말하였다.

"속한 곳이 서로 달라 내가 그대 사는 곳까지 통제할 권리가 없을뿐더러 이치를 아는 군자를 어찌 위세로 굽히게 할 수 있겠소?"

임금은 박생의 소매를 잡고 전각 위로 올라가 특별히 한 자리를 마련해 주었는데 그것은 옥으로 된 난간에 금으로 된 평상이었다. 자리에 앉자 왕이 시중드는 사람을 불러 차를 내오라고 시켰다. 박생이 곁눈질을 하여 보았더니 차는 구리를 녹인 물이었고, 과실은 쇠로 만든 구슬이었다.

박생은 놀랍기도 하고 두렵기도 하였다. 그러나 피할 수가 없었으므로 그들이 하는 일을 보고만 있었다. 시중드는 사람이 그의 앞에 다과를 올렸는데 향기로운 차와 먹음직스러운 과일의 싱그러운 향내가 온 전각에 물씬 풍겼다. 차를 다 마시고 난 후 임금이 박생에게 말했다.

"선비는 이 땅이 어딘지 모르겠지요? 속세에서 말하는 염부주(閻浮洲)라는 곳이오. 왕궁의 북쪽 산이 옥초산(沃焦山)[19]이오. 이 섬은 하늘과 땅의 남쪽에 있으므로 남염부주[20]라고 부른다오. 염부라는 말은 불꽃이 활활 타서 언제나 공중에 떠 있기 때문에 그렇게 불리는 것이라오.

내 이름은 염마(燄摩)라고 하오. 불꽃이 온몸을 휘감고 있다는 뜻이오. 내가 이 땅의 임금이 된 지가 이미 만여 년이나 되었소. 오래 살다 보니 신령스러워져서 마음 가는 대로 하여도

---

19) 동해 남쪽 3만 리 되는 곳에 있다고 하는 산.
20) 고대 전설에 나오는 가상의 섬나라. 수미산 주변 네 대륙 중의 하나로 무성한 염부수(閻浮樹) 숲이 있고, 남방에 속하므로 남염부주라고 하였다.

신통하지 않은 바가 없고, 하고 싶은 대로 하여도 뜻에 부합하지 않는 것이 없다오. 창힐(蒼頡)[21]이 글자를 만들 때에 우리 백성을 보내어 울어 주었고,[22] 석가가 성불할 때에는 우리 무리를 보내어 지켜 주었소. 그러나 삼황(三皇),[23] 오제(五帝)[24]와 주공(周公)과 공자(孔子)는 도로써 스스로를 지켰으므로 나는 그 사이에 설 수가 없었소."

박생이 물었다.

"주공과 공자와 석가는 어떤 사람들입니까?"

임금이 말하였다.

"주공과 공자는 중화 문물 가운데서의 성인이요, 석가는 서역 간흉한 무리 중의 성인이라오. 중화의 문물이 비록 개명하였다 하더라도 성품이 잡박한 사람도 있고, 순수한 사람도 있으므로 주공과 공자가 그들을 통솔하였소. 서역의 간흉한 무리가 비록 어리석다고 해도 기질이 민첩한 사람도 있고, 노둔한 사람도 있으므로 석가가 그들을 일깨워 주었소.

주공과 공자의 가르침은 정도(正道)로써 사도(邪道)를 물리친 것이고, 석가의 법은 사도로써 사도를 물리치는 것이오. 정도로써 사도를 물리쳤으므로 주공과 공자의 말씀은 정직하였

---

21) 황제의 신하로 새 발자국을 보고 글자를 만들었다고 전한다.

22) 창힐이 문자를 만들 때 하늘에서 곡식 비가 내리고 귀신이 밤에 곡을 하였다고 한다.

23) 중국 전설에 나오는 세 임금으로 태호(太昊) 복희씨(伏羲氏), 염제(炎帝) 신농씨(神農氏), 황제(黃帝) 유웅씨(有熊氏)이다.

24) 중국 전설에 나오는 다섯 임금으로 소호(少昊), 전욱(顓頊), 제곡(帝嚳), 요(堯)임금, 순(舜)임금이다.

고, 사도로써 사도를 물리친 석가의 말씀은 황탄(荒誕)[25]하였소. 정직하므로 군자가 따르기 쉽고, 황탄하므로 소인이 믿기 쉬운 것이오.

그러나 그 지극한 경지에 이르면 모두 군자와 소인들로 하여금 결국은 올바른 이치로 돌아가게 하려는 것이오. 세상을 현혹하고 백성들을 속여서 이단의 도리로 그릇되게 하려는 것은 아니오."

박생이 또 물었다.

"귀신에 관한 설은 어떻습니까?"

임금이 대답하였다.

"귀(鬼)란 것은 음(陰)의 영(靈)이고, 신(神)이란 것은 양(陽)의 영이오. 대개 귀와 신은 조화의 자취요, 이기(理氣)의 양능(良能)[26]이오. 살아 있을 때는 인물이라 하고, 죽은 뒤에는 귀신이라 하지만 그 이치는 다르지 않소."

박생이 말하였다.

"세상에는 귀신에게 제사 지내는 예법이 있습니다. 제사를 받는 귀신과 조화를 이루는 귀신은 다릅니까?"

"다르지 않소. 선비는 어찌 그것을 모르시오? 옛 유학자가 이르기를 '귀신은 형체도 없고, 소리도 없다.'라고 하였소. 그러나 물질이 끝나고 시작되는 것은 음양이 어울리고 흩어짐으로써 이루어지지 않는 것이 없소. 또 하늘과 땅에 제사를 지내는 것은 음양의 조화를 존경하는 것이고, 산천에 제사 지내는

---

25) 말이나 하는 짓이 허황하다.
26) 배우지 않아도 능한 것, 천부적 능력.

것은 기화(氣化)²⁷⁾의 오르내림에 보답하려는 것이오. 조상께 흠향하는 것은 근본에 보답하기 위한 것이고, 육신(六神)²⁸⁾에게 제사 지내는 것은 재앙을 면하기 위해서요.

모두 사람들로 하여금 공경을 다하게 하려는 것이지 귀신들에게 형체가 있어서 함부로 인간에게 화와 복을 주는 것이 아니오. 다만 사람들이 향을 사르고 슬퍼하면서 마치 귀신이 옆에 있는 것처럼 할 뿐이오. 공자가 '귀신을 공경하면서도 멀리하라.'라고 하신 것은 바로 이것을 두고 말씀하신 것이오."

박생이 말하였다.

"인간 세상에는 흉악한 기운과 요사스러운 도깨비들이 나타나서 사람을 해치고 미혹시키는 일이 있는데 이것도 귀신이라고 말할 수 있습니까?"

임금이 말하였다.

"귀란 구부러진다는 뜻이요, 신이란 편다는 뜻이오. 굽히되 펼 줄 아는 것은 조화의 신이요, 굽히되 펼 줄 모르는 것은 답답하게 맺힌 요귀들이오. 신은 조화와 합치하는 까닭에 음양과 더불어 끝나고 시작되며 자취가 없소. 그러나 요귀는 답답하게 맺힌 까닭에 사람과 사물에 뒤섞여 원망을 품고 있으며 형체를 지니고 있소.

산에 있는 요물을 소(魈)라고 하고, 물에 있는 요물을 역(魊)이라고 하며, 수석에 있는 요괴는 용망상(龍罔象)이라고 하고, 목석에 있는 요괴는 기망량(夔魍魎)이라고 하오. 만물을 해치

---

27) 음양의 변화.
28) 오방을 지키는 여섯 신.

는 것을 여(厲)라고 하고, 만물을 괴롭히는 것을 마(魔)라고 하며, 만물에 붙어 있는 것을 요(妖)라고 하고, 만물을 미혹시키는 것을 매(魅)라고 하오. 이것들이 모두 귀(鬼)들이오.

'음양을 헤아릴 수 없는 것을 신(神)이라 한다.'라고 한 것이 바로 신이오. 신이란 것은 묘한 쓰임을 말하고, 귀란 것은 근본으로 돌아가는 것을 말하오. 하늘과 사람은 한 이치이고, 드러난 것과 숨겨진 것 사이에는 간격이 없으니 근본으로 돌아가는 것을 정(靜)이라고 하고, 천명을 회복하는 것을 상(常)이라고 하오. 처음부터 끝까지 조화와 함께하면서도 그 조화의 자취를 알 수 없는 것이 있으니 이것을 바로 도(道)라고 하는 것이오. 그러므로 『중용』에서도 '귀신의 덕이 크다.'라고 한 것이오."

박생이 또 물었다.

"제가 일찍이 불자의 무리에게서 '하늘 위에는 천당이라는 쾌락한 곳이 있고, 땅 밑에는 지옥이라는 고통스러운 곳이 있다. 그리고 명부(冥府)²⁹⁾에 시왕(十王)³⁰⁾을 배치하여 십팔지옥³¹⁾의 죄수들을 국문한다.'라는 말을 들었습니다. 정말 이런 것이 있습니까?

또 사람이 죽은 지 이레가 지나면 부처님께 공양을 드리고 재(齋)를 베풀어 그 혼을 천도하고, 왕께 정성을 드리며 종이돈을 태워 지은 죄를 속죄한다고 합니다. 그렇다면 간사하고 포악한 사람도 왕께서는 너그러이 용서하신다는 말씀입니까?"

임금이 깜짝 놀라며 말하였다.

---

29) 명계의 법정으로 사람이 죽은 뒤에 심판을 받는 곳.
30) 죽은 사람의 죄를 심판하는 열 명의 대왕.
31) 저승에 있다는 열여덟 곳의 지옥.

"나는 그런 말을 들은 적이 없소. 옛 사람이 말하기를 '한 번 음이 되고 한 번 양이 되는 것을 도(道)라고 하고, 한 번 열리고 한 번 닫히는 것을 변(變)이라고 하며, 낳고 또 낳음을 역(易)이라고 하고, 망령됨이 없음을 성(誠)이라고 한다.'라고 하였소. 이와 같다면 어찌 건곤의 바깥에 다시 건곤이 있으며, 천지의 바깥에 다시 천지가 있겠소?

왕이라 함은 만백성이 귀의하는 사람을 두고 이름하는 것이오. 하(夏), 은(殷), 주(周) 삼대 이전에는 억조창생의 주인을 모두 왕이라고 일컬었고, 다른 이름으로는 부르지 않았소. 공자께서『춘추』를 엮으실 때에 백 명의 왕이 바뀌어도 바꿀 수 없는 큰 법을 세우고, 주나라 왕실을 높여 천왕(天王)이라 하게 되니 왕이라는 이름을 다른 사람에게 함부로 쓸 수 없게 되었소.

그런데 진(秦)나라가 여섯 나라를 멸망시키고 천하를 통일한 후에 스스로 '나의 덕은 삼황(三皇)을 겸하고, 공훈은 오제(五帝)를 능가한다.'라고 하여 왕이라는 칭호를 고쳐 황제라고 하였소. 당시에도 참람하게 왕을 사칭한 자가 아주 많았으니 위(魏)나라와 초(楚)나라의 군주가 그런 자들이오. 그 이후부터 왕이라는 명분이 어지러워져서 주나라 문왕(文王), 무왕(武王), 성왕(成王), 강왕(康王)의 존경스러운 호칭도 땅에 떨어지고 말았소. 게다가 인간 세상의 사람들은 무지하여 인정을 따라 서로 외람된 일을 하니 차마 말할 것이 못 되오.

그러나 신의 도는 여전히 지엄하니 어찌 한 지역 안에 왕이 그렇게 많을 수가 있겠소? 선비께서는 '하늘에는 두 해가 없고, 나라에는 두 임금이 없다.'라는 말을 듣지 못하였소? 그러니 불교도의 말은 믿을 것이 못 되오.

재(齋)를 베풀어 혼을 천도하고 왕에게 제사 지낸 후 종이 돈을 태우는 것에 대해서는 나는 그 까닭을 모르겠소. 선비께서 인간 세상의 거짓되고 망령된 일들을 상세히 이야기해 주시오."

박생은 자리에서 물러나 옷자락을 여미고 말하였다.

"인간 세상에서는 부모님이 돌아가신 지 칠칠일[32]이 되면 신분이 높고 낮음에 상관없이 초상과 장사의 예를 돌보지 않고 오로지 절에 가서 재를 올리는 것만 일삼습니다. 부자는 지나치게 돈을 쓰면서 자랑을 하고, 가난한 사람도 논밭과 집을 팔고 금전과 곡식을 빌려서 종이를 아로새겨 깃발을 만들고 비단을 오려 꽃을 만들며 여러 중들을 불러 복전(福田)[33]을 닦고 흙으로 조각상을 만들어 도사로 삼아 범패(梵唄)[34]를 하고 불경을 독송합니다. 하지만 새가 울고 쥐가 찍찍대는 것 같아서 무슨 말인지 알 수가 없습니다. 상주는 아내와 자식들을 거느리고 친척들을 끌어들이고 벗들을 불러 모으니 남녀가 뒤섞이고 대소변이 낭자하여 정토(淨土)[35]를 더러운 뒷간으로 바꾸고 적량(寂場)[36]을 소란스러운 시장판으로 바꿉니다.

또 이른바 시왕(十王)이라는 것을 모셔 놓고 음식을 갖추어 제사 지내고, 종이돈을 불살라 속죄하게 합니다. 시왕이라는

---

32) 사람이 죽은 후 49일이 될 때까지 이레마다 법사를 베풀었다.

33) 부처에게 공양하여 얻는 복. 부처와 비구에게 공양하여 복을 받는 것이 마치 농부가 밭에 씨를 뿌려 수확하는 것과 같다고 해서 복전이라고 한다.

34) 절에서 재를 올릴 때 부르는 노래.

35) 부처와 보살이 사는 곳으로 번뇌와 속박을 벗어난 청정세계다.

36) 적멸도량의 준말로 부처가 화엄경을 설법한 중인도 마갈타국 가야성의 남쪽 보리수 아래를 말한다. 여기서는 정토와 함께 절간을 가리킨다.

자가 예의를 돌보지 않고 욕심을 따라 외람되게 그것을 받아야겠습니까? 아니면 법도를 살펴서 법에 따라 이들을 중히 처벌해야 하겠습니까?

이것이 저로서는 분하고 답답한 일이었지만 차마 말하지 못하였던 것입니다. 임금님께서는 저를 위하여 밝히 가르쳐 주십시오."

임금이 말하였다.

"아아, 이런 지경에까지 이르렀구려. 사람이 태어날 때에 하늘은 성(性)을 명하여 주고, 땅은 생명으로 길러 주며, 임금은 법으로 다스리고, 스승은 도(道)로 가르치며, 어버이는 은혜로 길러 주는 것이오. 이로 말미암아 오륜에 차례가 있고, 삼강이 문란하지 않게 되오. 이를 잘 따르면 상서롭고, 이를 거스르면 재앙이 닥치니 상서와 재앙은 사람이 그것을 어떻게 받느냐에 달려 있을 따름이오.

사람이 죽으면 정기가 흩어져 혼(魂)은 하늘로 올라가고 백(魄)은 땅으로 내려가 근원으로 돌아가는 것인데 어찌 다시 어두운 저승에 머무르는 일이 있겠소? 또 억울하게 죽거나 원한을 품은 혼령과 횡사하거나 요절한 귀신은 올바르게 죽지 못하였으므로 그 기운을 펴지 못해 전쟁터였던 모래밭에서 시끄럽게 울기도 하고, 생명을 버리거나 목숨을 잃은 집에서 처량하게 울기도 하는 일이 간혹 있소.

그들은 무당에게 부탁해서 사정을 호소하기도 하고, 혹은 사람에게 의지해서 원망을 드러내기도 하오. 하지만 비록 정신이 그 당시에는 흩어지지 않았다고 하더라도 결국에는 아무것도 없는 상태로 돌아가게 되는 것이오. 어찌 그들이라고 해서 명부에서 형체를 빌어 지옥의 벌을 받는 일이 있겠소? 이런 것은 사물의 이치를 연구하는 군자라면 마땅히 헤아려 두어야 할 일이오.

부처에게 재를 올리고 시왕에게 제사를 지내는 것은 더욱 허탄하오. 또 재(齋)란 정결하게 한다는 뜻인데 정결하지 못한 것을 정결하게 만들기 위하여 재를 올리는 것이오. 부처란 청정함을 칭하는 것이고, 왕이란 존엄함을 일컫는 것이오. 왕이 수레를 요구하고 금을 요구하는 일은 『춘추』에서 비판받았고, 불공을 드릴 때 금을 사용하고 비단을 사용하는 것은 한(漢)나라와 위나라에 와서 시작된 것이오. 어찌 청정한 신이 인간 세상의 공양을 받고, 존엄한 왕이 죄인의 뇌물을 받으며, 저승의 귀신이 인간 세상의 형벌을 좌우할 수 있겠소? 이 또한 이치를 연구하는 선비로서 마땅히 헤아려 두어야 할 일이오."

박생이 또 물었다.

"윤회를 그치지 않아 이승에서 죽으면 저승에서 산다는 뜻에 대하여 여쭙고 싶습니다."

임금이 말하였다.

"정령이 흩어지지 않았을 때에는 윤회가 있을 듯하지만 오래되면 흩어져 소멸되고 마오."

박생이 물었다.

"임금님께서는 무슨 인연으로 이 이역(異域)에 살면서 임금이 되셨습니까?"

임금이 대답하였다.

"나는 인간 세상에 있을 때 왕에게 충성을 다하고 힘을 다하여 도적을 토벌하였소. 그리고 스스로 맹세하기를 '죽은 뒤

에도 마땅히 여귀(厲鬼)[37]가 되어 도적을 죽이리라.'라고 하였
소. 그런데 그 소원이 아직 다 이루어지지 않았고, 충성심이
사라지지 않았기 때문에 이 흉악한 곳에 와서 우두머리가 된
것이오. 지금 이 땅에 살면서 나를 우러르는 사람들은 모두 전
세에 부모나 임금을 죽인 자들이거나 간교하고 흉악한 무리들
이오. 그들은 이 땅에 살면서 나에게 통제를 받아 그릇된 마
음을 고치려 하고 있소. 그러나 정직하고 사심이 없는 사람이
아니면 하루도 이 땅의 우두머리가 될 수 없소.

　과인이 들으니 그대는 정직하고 뜻이 굳세어 인간 세상에
있으면서 지조를 굽히지 않았다고 하니 진실로 달인(達人)[38]이
라 할 수 있을 것이오. 그런데도 그 뜻을 당세에 한 번도 펼쳐
보지 못하였으니 마치 형산의 옥[39]이 티끌 가득한 벌판에 버
려지고 밝은 달이 깊은 못에 잠긴 것과도 같소. 훌륭한 장인을
만나지 못하면 누가 지극한 보물임을 알아주겠소? 그러니 어
찌 애석하지 않겠소?

　나는 시운(時運)이 이미 다하여 장차 활과 검을 버리고자
하오. 그대도 또한 명수(命數)가 이미 다했으니 곧 쑥덤불 속에
묻힐 것이오. 그러니 이 나라를 맡아 다스릴 사람이 그대가 아
니고 누구겠소?"

　임금은 잔치를 열어 박생을 극진히 대접해 주었다. 그리고

---

37) 재앙을 가져오는 악귀.
38) 모든 일에 달관한 사람.
39) 초나라 사람 변화(卞和)가 형산에서 아주 진귀한 옥을 얻어 초나라 여왕
　에게 바쳤다는 고사가 있다. 화씨지벽(和氏之璧)이라고도 한다.

박생에게 삼한(三韓)이 흥하고 망한 역사를 물으니 박생이 하나하나 대답하였다. 이야기가 고려가 창업한 대목에 이르자 임금은 거듭 탄식하며 서글퍼하다가 말하였다.

"나라를 다스리는 이가 폭력으로 백성을 위협해서는 안 될 것이오. 백성들이 두려워서 따르는 것같이 보이지만 마음속으로는 반역할 뜻을 품고 있어서 날이 가고 달이 가면 큰 재앙이 일어나게 되는 것이오. 덕이 있는 사람은 힘으로 왕위에 올라서는 안 되오. 하늘이 비록 거듭 말해 주지는 않아도 행사(行事)로 보여 주니, 처음부터 끝까지 상제의 명령은 지엄한 것이오. 대체로 나라라는 것은 백성의 나라요, 명이라는 것은 하늘의 명이오. 그런데 천명이 떠나가고 민심이 떠나가면 임금이 비록 제 몸을 보전하고자 한들 어떻게 가능하겠소?"

박생이 또 역대의 제왕들이 이도(異道)[40]를 숭상하다가 재앙을 입은 이야기를 하자 임금이 문득 이맛살을 찌푸리며 말하였다.

"백성들이 태평세월을 노래하는데도 홍수와 가뭄이 닥치는 것은 하늘이 군주로 하여금 일을 삼가라고 거듭 경계하는 것이오. 백성들이 원망하고 탄식하는데도 상서로운 일이 나타나는 것은 요괴가 군주에게 아첨해서 더욱 교만하고 방종하게 만드는 것이오. 그러니 역대 제왕들에게 상서로운 징조가 일어났던 때가 백성들이 안락함을 누리던 때겠소, 아니면 원통함을 부르짖던 때겠소?"

박생이 말하였다.

---

40) 여기서는 불교를 말한다.

"간신들이 벌 떼처럼 일어나고 큰 변란이 계속 일어나는데도 윗사람들이 백성들을 협박하고 위협하면서도 잘한 일이라고 여기며 부질없는 명예만 구하려 한다면 어찌 나라가 평안할 수 있겠습니까?"

임금은 한참 동안 묵묵히 있다가 탄식하며 말하였다.

"그대의 말이 옳소."

잔치를 마친 후 임금이 박생에게 왕위를 물려주려고 손수 다음과 같은 조서를 내렸다.

염주의 땅은 실로 풍토병이 유행하는 곳이므로 우(禹)임금의 발자취[41]도 이르지 못하였고, 목왕(穆王)의 준마[42]도 오지 못하였다. 붉은 구름이 해를 가리고, 독한 안개가 하늘을 막고 있다. 목이 마르면 이글이글 끓는 구리 물을 마셔야 하고, 배가 고프면 활활 타오르는 쇳덩이를 먹어야 한다. 그러니 야차(夜叉)[43]나 나찰(羅刹)[44]이 아니고는 발붙일 곳이 없고, 도깨비가 아니고는 그 뜻을 펼 수가 없는 것이다. 불의 성벽이 천 리에 둘러 있고, 철로 된 산악이 만 겹이나 겹쳐 있다. 백성들의 풍속이 강하고 사나워서 정직한 자가 아니면 그 간사함을 판단할 수 없다. 지세도 굴곡이 심해 험준하니 신령하고 위엄 있는 사람이 아니면 그들을 교화할 수가 없다.

---

41) 우임금이 9년간의 홍수를 다스리기 위해 구주에 이르지 않은 곳이 없었다.
42) 주나라의 목왕이 즉위한 후 빠르기로 유명한 팔준마를 타고 천하를 돌아다녔다.
43) 모습이 추하고 괴상하며 사람을 해치는 귀신.
44) 성질이 사나워 사람을 잡아먹는 귀신.

아아, 동쪽 나라의 박 아무개는 정직하고 사심이 없고, 강직하고 과단성이 있으며, 남을 포용하는 자질을 갖추었고, 어리석은 자들을 깨우쳐 줄 재주를 가졌도다. 생전에 비록 현달하여 영화를 누리지는 못하였지만 죽은 뒤에는 기강을 바로잡을 것이로다. 모든 백성이 길이 믿고 의지할 사람이 그대가 아니고 누구겠는가?

마땅히 덕으로 인도하고 예로 다스려 백성들을 착한 길로 이끌고, 몸소 실천하고 마음으로 깨달아 세상을 태평하게 해 주오. 하늘을 본받아 법을 세우고, 요임금이 순임금에게 왕위를 물려주었던 것을 본받아 내 이제 이 자리를 그대에게 물려주나니 아아, 그대는 삼가 받을지어다.

박생은 조서를 받아 든 후 예법에 맞추어 두 번 절하고 물러 나왔다. 임금은 다시 신하와 백성들에게 명령을 내려 치하를 드리게 하고, 태자의 예로써 그를 전송하게 하였다. 그리고 박생에게 경계하였다.

"머지않아 다시 돌아와야 할 것이오. 이번에 가거든 수고롭지만 내가 말한 바들을 인간 세상에 널리 전하여 황당한 일들을 다 없애 주오."

박생은 다시 두 번 절을 올리고 감사하면서 말하였다.

"감히 명하신 바의 만분의 하나라도 받들지 않겠습니까."

박생이 문을 나선 후 수레를 끄는 자가 발을 헛디뎌 수레가 뒤집혔다. 그 바람에 박생도 땅에 넘어졌는데 놀라서 깨어 보니 한갓 꿈이었다. 박생이 눈을 떠 보니 책은 책상 위에 내던져 있고, 등잔불은 가물거리고 있었다. 박생은 한참 동안 감격스러우면서도 의아하게 여기다가 장차 죽게 될 것을 깨닫고 날마다 집안일을 정리하는 데 몰두하였다.

　몇 달 뒤 박생이 병을 얻었는데 스스로 다시는 일어나지 못하리라는 것을 알았다. 결국 의사와 무당을 사절하고 세상을 떠났다. 박생이 죽던 날 밤 이웃 사람들의 꿈에 어떤 신인이 나타나서 이렇게 알려 주었다.

　"네 이웃집 아무개가 장차 염라대왕이 될 것이다."

용궁 잔치에 초대받다
용궁부연록(龍宮赴宴錄)

송도(松都)¹⁾에 산이 하나 있는데 깎아지른 듯한 봉우리들이 하늘 높이 솟아 있어서 천마산(天磨山)²⁾이라고 불렀다.

산속에는 용추(龍湫)³⁾가 있는데 그 이름을 박연이라 하였다. 그 못은 좁지만 깊어서 몇 길이나 되는지 알 수가 없었다. 물이 넘쳐서 폭포가 되었는데 폭포의 높이가 백여 길은 되어 보였다. 경치가 맑고 고와서 유람하는 스님이나 지나가던 나그네들이 반드시 이곳을 구경하였다.

옛날부터 이곳에 신령한 용이 살고 있다는 전설이 여러 기록에 실려 있었다. 나라에서도 해마다 때가 되면 소를 희생물로 바쳐 제사를 지냈다.

---

1) 개성.
2) 개성 송악산 북쪽에 있는 산. 높은 봉우리에 푸른 기운이 어려 있어 천마산이라고 부른다.
3) 폭포가 떨어지는 바로 밑에 있는 깊은 웅덩이.

고려 때 한생이라는 사람이 있었다. 그는 젊어서부터 글을 잘하여 조정에까지 이름이 알려져서 문사라고 일컬어졌다.

어느 날 한생은 거처하는 방에서 해가 저물 무렵까지 느긋하게 앉아 있었다. 그런데 홀연 푸른 두루마기를 입고 복두(幞頭)[4]를 쓴 낭관(郎官)[5] 두 사람이 공중으로부터 내려와 뜰에 엎드려 말하였다.

"박연에 계신 용왕님께서 모셔 오라고 하셨습니다."

한생이 깜짝 놀라 얼굴빛이 새파랗게 질린 채 말하였다.

"신과 인간 사이에는 길이 막혀 있는데 어찌 서로 통할 수 있겠소? 더군다나 수부(水府)는 길이 아득하고 물결이 사나우니 어떻게 순조로이 갈 수가 있겠소?"

두 사람이 말하였다.

"준마가 문밖에 대기하고 있으니 부디 사양하지 마십시오."

그들은 몸을 굽혀 절을 하고는 한생의 소매를 잡고 문밖으로 나갔다. 과연 거기에는 푸른 갈기의 말이 대기하고 있었는데 금 안장과 옥 굴레를 하고 황색 비단 띠가 덮여 있었으며 날개가 돋아 있었다. 시종들은 모두 붉은 수건을 이마에 두르고, 비단 바지를 입고 있었는데 십여 명은 되었다.

그들은 한생을 부축하여 말에 태웠다. 깃발과 일산을 든 사람들이 앞에서 인도하고 기악을 맡은 자들이 뒤를 따랐다. 한생에게 말을 전했던 두 사람은 홀을 잡고 따라왔다.

드디어 한생을 태운 말이 하늘로 날아올랐다. 한생에게는

---

4) 과거 급제자가 홍패를 받을 때 쓰던 관인데 귀신이 이런 모자를 쓴다고 알려져 있다.
5) 왕궁을 호위하며 왕을 경호하던 관리.

다만 발아래로 구름이 뭉게뭉게 이는 것만 보일 뿐 그 아래 있는 땅은 보이지 않았다.

그들은 눈 깜짝할 사이에 용궁 문밖에 이르렀다. 한생은 말에서 내려섰다. 문지기들이 모두 방게와 자라의 갑옷을 입고 창과 칼을 든 채 늘어서 있었는데 그들의 눈자위가 한 치는 되었다. 그들은 한생을 보고 모두 머리를 숙여 절하고는 평상을 깔아 주며 쉬라고 청하였는데 미리부터 대기하고 있었던 듯하였다.

낭관 두 사람이 재빨리 들어가 아뢰자 이내 푸른 옷을 입은 동자 두 명이 나와서 공손히 두 손을 마주 잡고 한생을 인도하여 안으로 들어갔다. 한생이 천천히 걸어가면서 궁궐 문을 올려다보니 현판에 '함인지문(含仁之門)[6]'이라고 씌어 있었다.

한생이 그 문에 들어서자 용왕이 절운관(切雲冠)[7]을 쓰고 칼을 차고 홀을 쥐고서 뜰 아래로 내려왔다. 한생을 계단 위로 이끌어 전각에 오르게 하고 앉기를 청하였는데 그곳은 수정궁(水晶宮) 안에 있는 백옥상(白玉床)이었다. 한생이 엎드려 한사코 사양하며 말하였다.

"하토(下土)의 어리석은 사람으로 초목과 한가지로 썩을 몸이 어찌 신령한 분의 위엄을 더럽히고 외람되게 융숭한 대접을 받겠습니까?"

용왕이 말하였다.

"오랫동안 선생의 명성을 듣다가 이제야 높은 얼굴을 뵙게

---

6) 중국 당(唐)나라의 함원전(含元殿)과 뜻이 통하고, 조선조의 홍인지문(興仁之門)과 '之'자를 쓰는 예가 같다.
7) 구름과 나란할 정도로 높은 관.

되었소. 부디 이상하게 생각하지는 마시오."

용왕이 손을 내밀어 읍하고 앉기를 청하였다. 한생은 서너 번 사양하다가 자리에 올랐다. 용왕이 남쪽을 향하여 칠보화상(七寶華床)[8]에 앉고, 한생은 서쪽을 향해 앉으려 하였다. 그런데 그가 자리에 채 앉기도 전에 문지기가 용왕에게 아뢰었다.

"손님이 오셨습니다."

용왕이 다시 문밖으로 나가서 손님들을 맞이하였다. 손님은 세 사람이었다. 붉은 도포를 입고 알록달록한 가마를 탔는데 그 위의(威儀)와 시종들로 보아 왕의 행차 같았다. 용왕은 그들도 전각 위로 안내하였다. 한생은 들창 아래로 피해 있다가 그들이 자리를 정한 후에 인사를 청하려고 하였다. 용왕이 그들세 사람에게 동쪽을 향하여 앉도록 권한 후 말하였다.

"마침 인간 세상에서 문사 한 분을 모셨으니 여러분들은 의아하게 생각하지 마십시오."

그리고 좌우의 시종들에게 명하여 한생을 모셔 오게 하였다. 한생이 앞으로 나아가 예를 갖추어 절하자 그들도 모두 머리를 숙여 답례하였다. 한생은 자리를 사양하면서 말하였다.

"존귀하신 신령들께서는 귀하신 몸이지만 저는 한낱 보잘것 없는 유생일 뿐이옵니다. 어찌 감히 높은 자리를 감당하겠습니까?"

한생이 굳이 사양하자 그들이 말하였다.

"음계(陰界)와 양계(陽界)[9]가 길이 달라서 서로 다스릴 수 없

---

8) 일곱 가지 보물로 만든 화려한 평상.
9) 음계는 귀신들의 세상이고 양계는 인간들의 세상이다.

으나 용왕께서 위엄이 있으신 데다 사람을 알아보는 눈도 밝으시니 그대는 반드시 인간 세상의 이름 높은 문장 대가일 것이오. 용왕님의 청이니 거절하지 마시오."

용왕이 말하였다.

"앉으시지요."

세 사람이 모두 자리에 앉자 한생도 몸을 굽히며 전각에 올라가 가장자리에 꿇어앉았다. 그러자 용왕이 편히 앉으라고 다시 권하였다. 자리가 다 정해지고 나서 차를 한 순배 돌린 후 용왕이 말하였다.

"과인에게는 오직 딸 하나가 있는데 이미 성년이 되었습니다. 장차 알맞은 사람과 혼례를 치르려고 하지만 사는 곳이 너무 궁벽하고 누추하여 사위를 맞이할 만한 집도 없고, 화촉을 밝힐 만한 방도 없습니다. 그래서 이제 따로 누각을 하나 지어 가회각(佳會閣)이라 이름하도록 하였습니다.

장인들도 다 모았고, 목재와 석재도 다 갖추었습니다. 부족한 것이라고는 상량문(上梁文)[10]뿐이지요. 소문에 듣자 하니 수재(秀才)[11]께서는 이름이 삼한(三韓)에 널리 알려졌으며, 재주가 대가들 중에 으뜸이라고 하기에 특별히 멀리까지 초청한 것입니다. 과인을 위하여 상량문을 지어 주시면 다행이겠습니다."

말이 미처 끝나기도 전에 머리를 두 갈래로 묶어 올린 아이두 명이 들어왔다. 한 아이는 푸른 옥돌로 만든 벼루와 상강(湘江)의 반죽(斑竹)으로 만든 붓을 받쳐 들고 있었고, 한 아이

---

10) 들보를 올릴 때 축복하는 글.
11) 재주가 뛰어난 사람을 일컫는 말로 여기서는 한생을 가리키는 것이다.

는 흰 비단 한 필을 받쳐 들고 있었다. 그들은 한생 앞에 꿇어 앉아 그것들을 바쳤다.

한생은 고개를 숙여 엎드려 절하고 일어나 붓에 먹물을 찍어서 곧바로 상량문을 지었다. 글씨가 마치 구름과 연기가 서로 얽힌 듯하였다. 글의 내용은 이러하였다.

삼가 생각건대 천지 안에서는 용신이 가장 신령스럽고 인물 사이에서는 배필이 가장 중요하도다. 용왕님께서 이미 만물을 윤택하게 하신 공로가 있으니 어찌 복을 넓히실 터전이 없으랴? 『시경』「관저」편에서 좋은 배필 구하는 것을 중시한 것은 만물 조화의 시초를 드러낸 것이고, 『주역』에 "나는 용이 있으니 대인을 만나기에 이롭다."라고 한 것은 용왕의 신령스러운 변화의 자취를 나타낸 것이다. 이에 새로 아방궁(阿房宮)[12]을 지어 성대한 이름을 높이 걸었다. 이무기와 악어를 모아 힘을 내게 하고, 보배로운 조개를 취하여 재목으로 삼았으며, 수정과 산호로 기둥을 세웠고, 용 뼈와 단단한 옥으로 들보를 걸었으니 주렴(珠簾)[13]을 걷으면 산 아지랑이 푸르고, 옥 들창을 열면 골짜기에 구름이 감도는도다.

부부가 화목하고 가문이 화락하여 만년토록 복을 누릴 것이요, 금슬(琴瑟)을 연주하여[14] 억대에 자손을 남기리라. 풍운의 변화를 바탕 삼고 조화의 공덕을 길이 보전하여 하늘에 있거나 연못에 있거나 백성들의 목마름을 씻어 주고, 물에 잠기거나 하

---

12) 진시황이 섬서성에 지은 거대한 규모의 궁전인데 여기서는 용궁을 말한다.
13) 구슬로 만든 발.
14) 부부의 화락을 뜻하는 표현.

늘에 오르거나 상제의 어진 마음을 도우리라. 날아올라 천지에 쾌함을 얻고, 위엄과 덕성이 원근(遠近)에 미치니 검은 거북과 붉은 잉어가 뛰놀며 노래하고, 나무귀신과 산도깨비도 차례로 와서 축하한다. 마땅히 짧은 노래를 지어 아름답게 조각한 대들보에 걸어 두리라.

들보 동쪽을 바라보니
붉고 푸른 산봉우리 창공에 버티었네.
하룻밤 우레 소리 시끄럽게 산골짝을 감돌더니
만 길 푸른 벼랑에 구슬이 영롱하구나.

들보 서쪽을 바라보니
굽이굽이 바윗길에 산새들이 노래하네.
맑고 깊은 저 연못 몇 길인지 모르지만
한바탕 봄 물결은 수정처럼 맑아라.

들보 남쪽을 바라보니
십 리 솔숲에 푸른 노을 비껴 있네.
굉장한 저 신궁을 그 누가 알리오.
푸른 유리 바닥에 그림자만 잠겼구나.

들보 북쪽을 바라보니
아침 해 솟을 무렵 못물이 거울처럼 푸르네.
흰 비단 삼백 길이 허공을 가로지르니
하늘 위 은하수가 떨어졌나 싶구나.

들보 위쪽을 바라보니

흰 무지개 어루만지며 하늘에서 노니는 듯.

발해와 부상(扶桑)[15]이 천만리 길이지만

인간 세상 돌아보면 손바닥과 같구나.

들보 아래쪽을 바라보니

애틋한 봄 둔덕에 아지랑이 피어오르네.

신령한 샘물 한 방울 가져다가

온 누리에 단비 삼아 뿌리고 싶구나.[1]

삼가 바라노니 이 집을 지은 후 화촉 밝히는 새벽을 맞이하여
만복이 함께 이르고 온갖 상서로운 기운이 모여들게 하소서. 또
아름다운 궁전에 상서로운 구름이 가득하고 봉황 베개와 원앙
이불에는 즐거운 소리가 피어오르게 하여 그 덕이 나타나고 그
신령이 빛나게 하소서.

한생이 글을 올리자 용왕이 크게 기뻐하면서 세 신에게도
돌려 보게 하였다. 세 신들도 모두 감탄하며 칭찬하였다. 이에
용왕이 윤필연(潤筆宴)[16]을 열자 한생이 꿇어앉아서 말하였다.

"존귀한 신들께서 모두 모이셨는데 감히 높으신 이름을 여
쭙지 못했습니다."

용왕이 말하였다.

---

15) 해가 뜨는 동쪽 바닷속의 신성한 나무. 해가 뜨는 곳을 말하기도 한다.

16) 글을 써 주거나 그림을 그려 준 사람에게 감사의 뜻을 전하기 위해 여는
잔치.

"수재(秀才)는 인간 세상의 사람이라서 당연히 모를 것입니다. 첫째 분은 조강(祖江)[17]의 신이시고, 둘째 분은 낙하(洛河)[18]의 신이시며, 셋째 분은 벽란(碧瀾)[19]의 신이십니다. 내가 수재와 어울리게 하고자 초대한 것입니다."

서로 술을 권하는 가운데 풍류가 시작되자 미인 십여 명이 나왔다. 그들은 푸른 소매를 흔들며 머리 위에 구슬꽃을 꽂고서 앞으로 나왔다 뒤로 물러섰다 춤을 추면서 「벽담곡(碧潭曲)」[20] 한 곡조를 불렀는데 그 노래는 이러하였다.

> 푸른 뫼는 창창하고
> 푸른 못은 깊고도 넓어라.
> 흩날리는 산골물은 구름처럼 일렁이며
> 하늘 위 은하수까지 닿았구나.
> 물결 한가운데 사람이 있는 것처럼
> 환패(環佩)[21] 소리 쟁쟁하도다.
> 근엄한 불꽃이 번쩍번쩍 빛나니
> 아, 드넓은 도량이여.
> 좋은 날 좋은 시기 택하여
> 봉황의 낭랑한 울음을 점치네.

---

17) 한강과 임진강이 합하여 통진 북쪽에 이르러 조강이 되어 바다로 흘러간다.
18) 임진강을 낙하라고도 하며, 임진강의 신을 낙하신이라고도 한다.
19) 개성부 서쪽에 흐르는 강물.
20) 깊고 푸른 못을 읊은 노래.
21) 고리 모양의 패옥.

날아갈 듯 빛나는 집이

상서롭고도 신령스러워라.

문사를 모셔다가 짧은 글을 지어서

성세(盛世)를 노래하며 대들보를 올리네.

향기로운 술을 부어 술잔[22]을 돌리고

가벼운 제비처럼 몸을 돌려 봄볕을 밟아 보네.

짐승 모양 향로는 상서로운 향을 뿜어내고

불룩한 돌솥[23]에는 옥 미음이 끓는데

어고(魚鼓)[24]를 치며 흐느적거리고

용적(龍笛)[25]을 불며 재빨리 걸어 보네.

거룩하신 용왕님이 용상에 앉았으니

지극한 덕을 우러러 잊을 수가 없으리.[2]

춤이 끝나자 다시 총각 십여 명이 왼손에는 피리를 들고 오른손에는 깃털 양산을 들고 서로 빙글빙글 돌면서 「회풍곡(回風曲)」[26]을 불렀다.

저기 저 산 언덕에 사람이 있는 듯

---

22) 원문은 우상(羽觴)으로 되어 있는데 이는 참새 모양에 머리와 꼬리를 붙여 만든 술잔이다.
23) 원문은 시복(豕服)으로 되어 있는데 이는 돼지 배처럼 불룩한 돌솥을 말한다.
24) 목어(木魚)에 가죽을 붙인 북.
25) 용머리 모양으로 만든 피리.
26) 회풍은 회오리바람을 이르는데 여기서 「회풍곡」은 가곡의 이름을 말하는 것이다.

풀꽃 옷 입고 이끼 띠 둘렀네.

해 저물어 물결 일렁이니

가느다란 무늬가 비단 같구나.

바람이 나부껴 귀밑머리 헝크니

구름이 흩어지고 옷자락은 너울거리네.

느긋하게 두루 거닐다가

예쁘게 웃으며 서로 지나치네.

내 홑옷 여울가에 던져두고

내 가락지 모래밭에 빼어 놓네.

금잔디에 이슬 젖고

산마루에 안개가 자욱하네.

울쑥불쑥한 산봉우리 멀리서 바라보니

마치 강 위의 푸른 소라 같구나.

가끔씩 징을 치며

술에 취해 비틀비틀 춤을 추네.

술은 강물처럼 넘쳐 나고

고기는 언덕처럼 쌓여 있네.

손님도 이미 얼굴 붉게 취하였으니

새 노래를 지어 흥겹게 불러 보세.

서로 부축하고 끌기도 하고

서로 손뼉치며 웃기도 하네.

옥 술병 두드리며 마음껏 마셨더니

맑은 흥취 다한 후에 슬픈 감정이 일어나네.[3]

춤이 끝나자 용왕이 기뻐 손뼉을 치며 술잔을 씻어 다시 술을 붓고 그 술잔을 받들어 한생에게 권하였다. 그리고 스스로 옥피리를 불면서 「수룡음(水龍吟)」[27] 한 가락을 노래하여 즐거운 정취를 한껏 풀어 놓았다. 그 가사는 이러하였다.

관현악 음률 속에 술잔을 전하니
기린 모양 향로에서 용뇌향[28] 푸른 연기 피어오르네.
옥피리 비껴들고 한 곡조를 부르니
하늘 위 푸른 구름 씻은 듯하구나.
소리는 파도에 부딪치고
곡조는 청풍명월에 나부끼네.
경치는 한가한데 인생은 늙어가니
살같이 빠른 세월이 서글프구나.
풍류는 꿈결 같아
기쁨이 다하니 번뇌가 일어나네.
서산에 오색 안개 흩어지자마자
동산엔 얼음 쟁반 같은 달이 맑디맑구나.
술잔 들어 푸른 하늘 맑은 달에게 묻노니
추한 모습 아름다운 모습을 몇 번이나 보았는가.
금잔에 술은 가득한데
사람이 취해 옥산 무너지듯 쓰러지네.
누가 그를 밀어 넘어뜨렸나.
아름다운 손님을 위하여

---

27) 노래의 이름. 이백의 시에 "피리를 노래하자 물의 용이 노래한다.(笛奏水龍吟)"라는 구절이 있다.
28) 열대목인 용뇌수의 줄기에서 추출한 결정체.

십 년의 근심과 울적함을 털어 버리고
푸른 하늘로 유쾌하게 올라 보세.[4]

용왕이 노래를 마치고 좌우를 돌아보며 말했다.

"이곳의 놀음은 인간 세상의 것과는 다르니 그대들이 귀한 손님을 위하여 재주를 보이시오."

한 사람이 스스로 곽개사라 칭하면서 발을 들어 옆으로 걸어 나와 말하였다.

"저는 바위틈에 숨어 사는 선비요, 모래 구멍에 노니는 사람입니다. 팔월에 바람이 맑으면 동해 바닷가에 가서 까끄라기[29]를 실어 나르고, 구월 하늘에 구름이 흩어지면 남방의 별자리 곁에서 빛을 머금지요. 속은 누렇고 겉은 둥글며 단단한 갑옷을 입고 날카로운 무기를 가졌지요. 늘 사지가 잘려서 솥에 들어가며 정수리가 갈리면서도 사람을 이롭게 합니다. 맛과 풍류는 장수들의 얼굴빛을 풀어 주고, 생김새와 기는 모양은 부인들의 웃음거리가 되기도 합니다. 조(趙)나라 왕윤(王倫)[30]은 물속에서 만나도 저를 미워했으나 전곤(錢昆)[31]은 외방에서까지

---

29) 게의 배 안에 있는 것으로 8월에 까끄라기가 생기면 독이 없어져 먹을 수 있게 된다.
30) 진(晉)나라의 해계와 사이가 나빴는데 드디어 해계 형제를 잡은 후 그를 게에 비유해 "나는 물속에서도 게를 보면 미워하는데 하물며 이들 형제가 나를 경멸하고 있음에랴." 하고 죽여 버렸다.
31) 송(宋)나라 사람으로 평소에 게를 즐겨 먹었는데 지방에 보직을 받을 때 "게만 있고 통판이 없는 곳이면 좋겠다."라고 했다 한다.

저를 생각했습니다. 죽어서는 필이부(畢吏部)[32]의 손에 들어갔
지만 초상은 한진공(韓晉公)[33]의 붓을 빌려 남아 있지요. 놀이
판을 만나 재주를 부리게 되었으니 마땅히 다리를 들고 춤을
추도록 하겠습니다."

그는 곧 그 자리에서 갑옷을 입고 창을 쥔 채 거품을 내뿜
고 눈을 부릅뜨더니 눈동자를 굴리고 사지를 흔들면서 절룩절
룩 비틀비틀 앞으로 나갔다 뒤로 물러섰다 하며 팔풍무(八風
舞)[34]를 추었다. 그를 따라온 무리 수십 명도 빙빙 돌다가 엎드
렸다가 하며 일제히 절도를 맞추어 춤을 추었다. 그리고 노래
를 지어 불렀다.

　　강과 바다에 의지하여 구멍 속에 살지언정
　　기운을 토하면 호랑이와 다툰다네.
　　신장이 구 척이니 나라님께도 진상하고
　　종류가 열 가지니 이름도 다양하다.
　　용왕님의 잔치를 기뻐하여
　　발을 구르면서 옆으로 걷네.
　　물속에 잠겨 홀로 있기 즐기다가
　　강나루 등 불빛에 놀란다네.

32) 진(晉)나라의 이부상서 필탁(畢卓)을 말하는데 술을 마실 때 늘 게를
　　안주로 삼았다고 한다.
33) 당나라의 화가 한황(韓滉)을 말하는데 방게 그림을 매우 잘 그렸다고
　　한다.
34) 당나라 축흠명(祝欽明)이 추었다는 춤으로 몸짓이 음란하고 추악하였다
　　고 한다.

은혜 갚으려고 구슬 눈물 흘리는 것도 아니요,

원수 갚으려고 창을 비껴든 것도 아니라네.

호수 위의 귀족들은

나를 무장공자(無腸公子)³⁵⁾라 비웃지만

군자에 비할 정도로

덕이 배 속에 가득하여 안이 누렇다네.

속이 아름다워 사지에 뻗치나니

엄지발에 옥빛이 흐르고 향이 맺혀 있네.

오늘 밤이 어떤 밤이기에

요지(瑤池)³⁶⁾의 잔치에 이르렀나.

용왕님은 머리 들어 노래를 이어 부르고

손들은 취해서 이리저리 거니네.

황금 궁전 백옥 평상에

술잔이 돌고 풍악이 울리니

군산(君山)³⁷⁾의 세 피리 기묘한 소리를 내고

선경의 아홉 그릇에 신묘한 술이 가득하네.

산 귀신도 더덩실 춤을 추고

물고기도 펄떡펄떡 뛰노네.

산에는 개암나무, 들에는 씀바귀

아름다운 임 그리워 잊을 수가 없다네.⁵

　　곽개사는 왼쪽으로 돌다가 오른쪽으로 구부리고 뒤로 물러

---

35) 게를 무장공자라고 하는데, 속이 없음을 놀리는 것이다.

36) 중국 곤륜산에 있다는 못.

37) 동정호 속에 있는 산으로 신선이 놀던 곳이라고 한다.

났다 앞으로 내달리곤 하였다. 자리에 가득한 사람들이 모두 데굴데굴 구르며 웃어 댔다.

이 놀이가 끝나자 또 한 사람이 자신을 현 선생이라고 칭하며 나섰다. 그는 꼬리를 끌고 목을 늘여 기염을 토하며 눈을 부릅뜬 채 앞으로 나와 말하였다.

"저는 시초(蓍草)[38] 떨기 아래 숨은 자요, 연잎에 노니는 사람입니다. 낙수(洛水)에서 등에다 글을 지고 나와 하(夏)나라 우왕의 공로를 나타내었고,[39] 청강에서 그물에 걸렸으나 일찍이 원군(元君)의 계책을 이루어 주었습니다.[40] 비록 배를 갈라 사람을 이롭게 할지라도 껍질을 벗겨 내는 고통은 감내하기 어렵답니다. 두공에 산을 새기고 동자기둥에 수초를 그려[41] 나의 껍질은 장문중공의 보물이 되었지요. 돌 같은 내장에 검은 갑옷을 입고 가슴에서 장사의 기운을 토해 낸답니다. 노오(盧敖)[42]는 바다 위에서 나를 탔고, 모보(毛寶)[43]는 나를 강 가운

데 놓아 주었지요.[44] 살아서는 세상을 기쁘게 하는 보배가 되고, 죽어서는 영험을 보여 주는 보물이 되었으니 이제 입을 벌려 기운을 토해 내어 천년 동안 쌓인 장륙(藏六)[45]의 회포를 풀어 보려 합니다."

그가 곧 그 자리에서 기운을 토하는데 실오리 같은 입김이 나부껴 길이가 백여 척이나 되었다가 숨을 다시 들이마시자 흔적도 없이 사라졌다. 그는 목을 움츠리고 사지를 숨기기도 하고 혹은 목을 늘여 머리를 흔들기도 했다. 잠시 후 앞으로 발을 내디디며 천천히 걸어 나와 구공무(九功舞)[46]를 추면서 홀로 나아갔다 물러났다 하였다. 그리고 다음과 같은 노래를 지어 불렀다.

산속 연못에 의지하여 홀로 사노니
호흡을 아껴 장생하노라.
천 년을 살면서 오색을 갖추고[47]
열 꼬리를 흔드니 가장 신령하도다.[48]
차라리 진흙 속에서 꼬리를 끌지언정

---

44) 노오와 모보라고 되어 있는 부분은 사실 노오가 만난 신선과 모보의 부하라 해야 옳지만 사륙문의 형식에 맞추기 위해 생략한 것이다.
45) 거북의 별명. 거북이 머리와 꼬리, 두 발과 두 손을 껍질 속에 감추고 있기 때문에 생긴 별명이다.
46) 당나라 때의 춤으로 천자의 아홉 가지 선정을 찬양하는 것이다.
47) 『포박자』에 천 년이 된 거북은 다섯 가지 빛깔을 갖춘다고 하였다.
48) 거북이 아홉 해가 되면 꼬리가 하나고, 천년이 되면 꼬리가 열 개라는 말이 있다.

묘당(廟堂)[49]에 간직되기를 바라지는 않노라.

단약이 아니라도 오래 살며

도를 배우지 않아도 영험하도다.

천 년 만에 성덕을 만나면

상서로운 징조가 밝히 나타나리라.

나는 바다 족속의 어른이로다.

연산(連山)과 귀장(歸藏)[50]의 이치를 돕고

글자를 등에 지고 나오니 숫자가 있었으며[51]

길흉을 알려 주어 계책을 이루게 하였도다.

그러나 지혜가 많다 해도 곤액은 어쩔 수 없고

능력이 많다 해도 미치지 못하는 일이 있도다.

가슴 쪼개고 등 지지는 것을 면할 수 없으니

물고기를 벗 삼아 자취를 감추었노라.

오늘은 목을 빼고 발길을 옮겨

높은 잔치 자리에 참예하였도다.

비룡(飛龍)[52]의 영험한 변화를 치하하며

봉황을 삼키는 필력을 감상하노라.

술이 나오고 풍악이 울리니

즐거움이 끝이 없도다.

---

49) 본래의 뜻은 조정이지만 여기서는 거북을 간수하는 집을 말한다.

50) 옛날 역(易)의 이름. 삼역(三易)이란 하나라의 연산(連山), 은나라의 귀장(歸藏), 주나라의 주역(周易)을 말한다.

51) 낙서(洛書)의 전설에 신령한 거북이 등에 글자를 지고 나왔는데 9까지의 숫자가 있어 우임금이 이것을 근거로 아홉 부류를 나누었다고 한다.

52) 용왕을 뜻한다.

악어가죽 북을 치고 퉁소를 부니

그윽한 골짜기에 숨은 규룡도 춤을 추는구나.

산속의 도깨비들을 모으고

강물의 신령들도 모았도다.

온교(溫嶠)가 무소뿔을 태운 것과 같고[53]

우임금의 솥에 귀물을 그려 부끄럽게 한 것 같도다.[54]

앞뜰에서 함께 춤추고 뛰놀며

껄껄 웃기도 하고 손뼉도 치누나.

해가 지려니 바람이 일고

어룡이 날아오르니 물결이 일렁이는도다.

좋은 시절 자주 얻을 수 없으니

마음이 북받쳐 슬퍼지는도다.[6]

노래가 끝났지만 현 선생은 여전히 황홀하여 경중경중 뛰면서 몸을 숙였다 폈다 하였는데 그 모습을 무어라 형언할 수 없었다. 자리에 가득한 사람들이 배를 잡고 웃었다.

그의 놀이가 끝나자 다음에는 나무와 돌의 도깨비들과 산림의 귀신들이 일어나 저마다의 장기를 보여 주었다. 휘파람을 불기도 하고, 노래를 부르기도 하고, 춤도 추고, 피리도 불고, 손뼉도 치고, 뜀도 뛰었다. 노는 모양은 서로 달랐지만 소리는

53) 진(晉)나라 사람 온교가 깊은 물속에 괴물이 많다는 말을 듣고 무소뿔을 태워 비춰 본 후 풍을 맞아 열흘이 못 되어 죽었다고 한다.

54) 우임금이 솥을 만들 때 귀신의 형상을 새겨 백성들에게 그 간사함을 알게 하니 귀신들이 작란을 할 수 없게 되었다고 한다.

한결같으니 그 노래는 다음과 같았다.

> 용신님이 연못에 계시다가
> 때로 하늘로 날아오르네.
> 아아, 천년만년
> 길이 그 복이 이어지소서.
> 예를 갖추어 어진 이를 초대하니
> 의젓하기가 신선과 같도다.
> 새 노래를 완상하니
> 주옥을 꿴 듯하구나.
> 고운 옥돌에 새겨
> 천년토록 길이 전하리.
> 군자가 돌아가신다니
> 아름다운 잔치가 열렸구나.
> 「채련곡(採蓮曲)」[55]을 노래하며
> 너울너울 춤도 추고
> 둥둥둥 북을 치니
> 거문고를 뜯어 화답하네.
> 노 한 자루로 배를 저으며
> 고래처럼 강물을 들이마시네.[56]
> 두루 예절을 갖추어
> 즐거우면서도 허물이 없도다.[7]

---

55) 남녀의 사랑을 읊은 악부곡으로 중국 강남에서 많이 불렸다.
56) 술 마시는 것을 빗대어 표현한 것이다.

노래가 끝나자 이번에는 강의 신령들이 꿇어앉아 시를 지어
바쳤다. 그 첫째인 조강신이 쓴 시는 이러하였다.

푸른 바다로 강물들 쉼 없이 흘러드는데
돌돌 치달리는 물결이 가벼운 배를 띄워 주네.
구름 막 걷힌 후 달빛이 물에 잠기고
밀물 밀려들 때에 바람이 섬에 가득.
햇살 따사로워 거북과 물고기 한가로이 노닐고
물살 맑아 오리 떼 떠다니네.
해마다 바위에 부딪혀 많이도 울었지만
오늘 밤엔 환락으로 백만 근심 씻으리라.[8]

둘째인 낙하신의 시는 이러하였다.

오색 꽃 그림자 풀밭을 덮었고
온갖 악기 차례로 벌려 있네.
운모(雲母) 휘장 안에 노랫소리 간드러지고
수정 주렴 속에 춤사위가 너울너울.
신룡(神龍)이 어찌 못 속에만 계시겠나.
문사(文士)는 자고로 자리 위의 보배로다.
어찌 해야 긴 끈으로 지는 해를 잡아매어
한가로이 봄날에 흠뻑 취할 수 있으랴.[9]

셋째인 벽란신의 시는 이러하였다.

용왕님은 술에 취해 금상에 기대었는데
산비 부슬부슬 이미 석양이로다.
오묘한 춤사위에 비단 소매 너울너울
맑은 곡조 간드러져 대들보를 감고 도네.
몇 해나 외로운 분노로 은섬(銀島)을 뒤집었나.
오늘은 함께 즐기며 백옥잔을 드노라.
세월이 흘러가도 사람들은 모르나니
고금의 세상사가 너무 바삐 지나누나.[10]

　세 신령이 시를 다 지어 바치자 용왕이 웃으며 읽어 본 뒤 사람을 시켜 한생에게 건네주었다. 한생이 받아서 무릎을 꿇고 읽기를 세 번이나 거듭하더니 자기도 즉석에서 스무 운(韻)의 장편시를 지어 이날의 성대한 일을 펼쳐 내었는데 그 가사는 이러하였다.

천마산은 은하수 위로 높이 솟았고
폭포는 멀리 공중을 날아
곧추 떨어져 숲 속을 뚫고
내달려 큰 시내를 이루네.
물결 속에는 달이 잠겨 있고
못 바닥에는 용궁이 숨어 있나니
신기한 변화로 자취를 남기시고
높이 날아올라 큰 공을 세우셨네.
잔잔한 기운은 옅은 안개를 낳고
드넓은 기운은 상서로운 바람을 일으키네.

하늘의 분부가 중하여
청구(靑丘)[57]에 높은 작위를 받으셨으니
구름 타고 하늘 궁궐에 조회하시고
청총마를 달리며 비를 내리시네.
황금 궁궐에서 아름다운 잔치를 열어
옥 계단에 풍악을 울리는데
그윽한 안개 찻잔에 뜨고
맑은 이슬 붉은 연잎 적시네.
예절 갖춰 위의도 정중하고
예법에 맞춰 예도도 풍성하니
의관문물 찬란하고
환패 소리 쟁쟁하다.
물고기와 자라들 찾아와서 하례하고
강물들도 모여드네.
신령함이 어찌 그리 황홀한지
그윽한 덕이 못처럼 깊도다.
동산에 꽃 재촉하는 북이 울리고
술잔에는 무지개가 드리웠네.
천녀는 옥피리를 불고
서왕모는 거문고를 타는데
일백 번 절하고 술잔을 올리며
만수무강 세 번 외치네.
눈서리 맞은 과일에 안개가 잠기고

---

57) 예전에 중국에서 우리나라를 이르던 말.

쟁반에는 수정 부들[58]빛이 영롱하네.

산해진미는 목까지 가득 차고

은혜는 뼛속 깊이 스몄어라.

신성한 기운을 마신 듯

영주, 봉래[59]에 이른 듯

즐거움 다하고 이별하려니

풍류가 한바탕 꿈속 같구나.[11]

한생이 시를 지어 바치니 자리에 있는 모든 사람들이 감탄하며 칭찬해 마지않았다. 용왕이 감사하면서 말하였다.

"이 시를 마땅히 금석(金石)에 새겨 우리 집의 보배로 삼으리다."

한생이 절하고 사례한 뒤 앞으로 나가 아뢰었다.

"용궁의 멋진 일들은 이미 다 보았습니다. 넓은 궁궐과 웅장한 영토도 둘러볼 수 있겠습니까?"

용왕이 말하였다.

"그러시지요."

한생은 용왕의 허락을 받고 문을 나와 눈을 크게 뜨고 바라보았다. 그러나 오색구름만 겹겹이 보일 뿐 동서를 분간할 수가 없었다. 용왕이 구름을 불어 없애는 사람에게 구름을 거둬 내라고 명하였다. 그러자 한 사람이 궁궐 뜰에 나와 입을 오므려 한 번 불어 젖히니 하늘이 환하게 밝아졌다. 그런데 산

58) 부들과의 여러해살이 풀로 개울가나 연못가에 난다.
59) 영주, 봉래, 방장 세 산은 중국 동쪽 발해에 있다고 하는 삼신산이다.

과 바위와 벼랑 등은 없고 단지 바둑판처럼 넓은 세계가 수십 리나 펼쳐진 게 보였다. 향기로운 꽃과 아름다운 나무들이 그 속에 줄지어 심겨 있고, 바닥에는 금모래가 깔려 있는데 주위에는 금으로 쌓은 담장이 둘러져 있었다. 행랑과 뜨락에는 모두 푸른 유리 벽돌이 깔려 있어서 빛과 그림자가 서로 어우러지고 있었다.

용왕이 신하 두 명에게 명하여 한생을 데리고 다니며 구경시켜 주도록 하였다. 한 누각에 이르니 조원지루(朝元之樓)[60]라는 이름이 붙어 있었다. 순전히 유리로만 이루어졌는데 진주와 구슬로 장식하였고 황금색과 푸른색을 아로새겼다. 그 위에 오르니 마치 허공에 떠 있는 것 같았는데 높이가 천 층이나 되었다. 한생이 끝까지 올라가 보려고 하였으나 사자(使者)가 만류했다.

"여기는 용왕님께서 신통력으로 홀로 오르실 뿐 저희들도 아직 다 둘러보지 못하였습니다."

누각의 꼭대기가 하늘 위 구름과 맞닿아 있었으므로 속세의 평범한 사람은 다 오를 수 없을 것 같았다. 한생은 칠 층까지 올라갔다가 내려왔다.

또 한 누각에 이르니 능허지각(凌虛之閣)[61]이라는 이름이 붙어 있었다.

한생이 물었다.

"이 누각은 무엇하는 곳입니까?"

---

60) 조천지루(朝天之樓)와 같은 뜻으로 하늘에 조회하는 누각이라는 뜻이다.
61) 능운각(凌雲閣), 능소각(凌霄閣)과 같은 말로 공중에 높이 솟은 누각을 말한다.

사자가 대답하였다.

"이곳은 용왕님께서 하늘에 조회하실 때 의장(儀仗)을 정돈하고 의관(衣冠)을 갖추는 곳입니다."

한생이 청하였다.

"그 의장을 볼 수 있겠습니까?"

그러자 사자가 그를 데리고 한 곳에 이르렀는데 거기에 둥근 거울 같은 물건이 있었다. 그런데 번쩍번쩍 빛이 나서 눈이 부셔 제대로 볼 수가 없었다.

한생이 물었다.

"이것은 무슨 물건입니까?"

사자가 대답하였다.

"번개를 맡은 전모(電母)의 거울입니다."

또 북 하나가 있었는데 크기가 거울과 비슷하였다. 한생이 그 북을 쳐 보려고 하자 사자가 말리면서 말하였다.

"만약 이 북을 한 번 치면 모든 사물이 진동할 것입니다. 이것은 뇌공(雷公)[62]의 북입니다."

또 풀무처럼 생긴 물건도 있었다. 한생이 그것을 흔들어 보려고 하자 사자가 다시 말리면서 말하였다.

"만약 이것을 한 번 흔들면 산과 바위가 다 무너지고 큰 나무들도 뽑혀 버릴 것입니다. 이것은 바람을 불러일으키는 풀무입니다."

또 빗자루같이 생긴 물건이 있었는데 그 옆에 물동이가 놓여 있었다. 한생이 물을 뿌려 보려고 하자 사자가 또 말리면서

---

62) 우레를 울리는 신.

말하였다.

"만약 물을 한 번 뿌리면 큰 홍수가 나서 산을 파괴하고 언덕을 무너뜨릴 것입니다."

한생이 말하였다.

"그런데 왜 구름을 불어 없애는 기구는 여기 두지 않았습니까?"

사자가 말하였다.

"구름은 용왕님의 신력(神力)으로 되는 것이니 기구로 어찌할 수 있는 것이 아닙니다."

한생이 또 말하였다.

"뇌공(雷公), 운모(雲母), 풍백(風伯), 우사(雨師)는 어디에 있습니까?"

사자가 대답하였다.

"천제(天帝)께서 깊은 곳에 가두어 두고 나돌아 다니지 못하게 하였지요. 용왕님이 납시면 그들도 모입니다."

그 외의 기구들은 모두 다 알 수가 없었다. 또 긴 행랑이 몇 리에 걸쳐 뻗어 있었는데 문은 금룡이 새겨진 자물쇠로 잠겨 있었다.

한생이 물었다.

"여기는 어디입니까?"

사자가 대답하였다.

"이곳은 용왕께서 칠보(七寶)를 간직하여 두신 곳입니다."

한생은 한참 동안 두루 살피며 돌아다녔지만 모두 다 볼 수는 없었다. 한생이 말하였다.

"그만 돌아가야겠습니다."

사자가 말하였다.

"그러시지요."

한생이 돌아가려고 하였으나 문들이 겹겹이 둘러싸고 있어서 어디로 가야 할지 헷갈렸다. 그래서 사자에게 앞에서 인도하도록 하였다.

한생이 본래 있던 자리로 돌아와 용왕에게 감사 인사를 드렸다.

"두터우신 은덕으로 선경을 두루 구경하였습니다."

한생이 두 번 절하고 작별을 아뢰었다.

이에 용왕이 산호 쟁반에 야광주 두 알과 흰 비단 두 필을 담아서 전별의 선물로 주고 문밖에 나와 절하고 작별하였다. 세 신도 함께 절하고 하직하였다. 그러고는 가마를 타고 곧바로 돌아갔다.

용왕은 다시 두 사자에게 명하여 산을 뚫고 물을 헤치는 무소뿔[63]을 가지고 한생을 인도하게 한 후 그를 전송하였다. 한 사람이 한생에게 말하였다.

"제 등에 업히셔서 잠깐만 눈을 감고 계십시오."

한생이 시키는 대로 하니 한 사람이 무소뿔을 휘두르면서 앞에서 인도하는데 마치 공중을 나는 것 같았다. 오직 바람 소리와 물소리만이 끊임없이 들려올 뿐이었다. 소리가 그쳤을 때 한생이 눈을 떠 보니 바로 자기 집 거실에 누워 있는 것이었다.

---

63) 통천서각(通天犀角)을 말하는 것으로 이것을 가지고 물속으로 들어가면 물길이 열린다고 한다.

한생이 문밖에 나와 보니 하늘에는 별이 드문드문해졌고 동녘이 밝아 오고 있었다. 닭이 세 홰나 쳤으니 곧 오경이었다. 급히 품속을 더듬어 보니 야광주와 비단이 여전히 거기에 있었다. 한생은 비단 상자에 이 물건들을 잘 간직해 두고 지극한 보물로 여기면서 남에게는 보여 주지 않았다.

그 뒤에 한생은 세상의 명예와 이익을 돌아보지 않고 명산으로 들어갔는데 어찌 되었는지 알 수가 없다.

주석
한시 원문

만복사에서 저포놀이를 하다

만복사저포기(萬福寺樗蒲記)

1. 一樹梨花伴寂廖, 可憐辜負月明宵
   靑年獨臥孤窓畔, 何處玉人吹鳳簫

   翡翠孤飛不作雙, 鴛鴦失侶浴晴江
   誰家有約敲碁子, 夜卜燈花愁倚窓

2. 惻惻春寒羅衫薄, 幾回腸斷金鴨冷
   晚山凝黛, 暮雲張繖
   錦帳鴦衾無與伴, 寶釵半倒吹龍管
   可惜許光陰易跳丸, 中情懣
   燈無焰銀屛短, 徒拉淚誰從款

   喜今宵, 鄒律一吹回暖
   破我佳城千古恨, 細歌金縷傾銀椀
   悔昔時抱恨, 蹙眉兒眠孤館

3. 春宵花月兩嬋娟, 長把春愁不記年
   自恨不能如比翼, 雙雙相戲舞靑天

   漆燈無焰夜如何, 星斗初橫月半斜
   惆悵幽宮人不到, 翠衫撩亂鬢鬖髿

摽梅情約竟蹉跎, 辜負春風事已過
枕上淚痕幾圓點, 滿庭山雨打梨花

一春心事已無聊, 寂寞空山幾度宵
不見藍橋經過客, 何年裴航遇雲翹

4. 寺裏燒香歸去來, 金錢暗擲竟誰媒
春花秋月無窮恨, 銷却樽前酒一杯

薄薄曉露浥桃腮, 幽谷春深蝶不來
却喜隣家銅鏡合, 更歌新曲酌金罍

年年燕子舞東風, 腸斷春心事已空
羨却芙蕖猶並蒂, 夜深同浴一池中

一層樓在碧山中, 連理枝頭花正紅
却恨人生不如樹, 青年薄命淚凝瞳

5. 杜鵑啼了五更風, 寥落星河已轉東
莫把玉簫重再弄, 風情恐與俗人通

滿酌烏程金叵羅, 會須取醉莫辭多
明朝捲地東風惡, 一段春光奈夢何

綠紗衣袂懶來垂, 絃管聲中酒百卮
清興未闌歸未可, 更將新語製新詞

幾年塵土惹雲鬟, 今日逢人一解顏

莫把高唐神境事, 風流話柄落人間

6. 確守幽貞經幾年, 香魂玉骨掩重泉
   春宵每與姮娥伴, 叢桂花邊愛獨眠

   却笑東風桃李花, 飄飄萬點落人家
   平生莫把青蠅點, 誤作崑山玉上瑕

   脂粉慵拈首似蓬, 塵埋香匣綠生銅
   今朝幸預鄰家宴, 羞看冠花別樣紅

   娘娘今配白面郎, 天定因緣契闊香
   月老已傳琴瑟線, 從今相待似鴻光

7. 開寧洞裏抱春愁, 花落花開感百憂
   楚峽雲中君不見, 湘江竹下泣盈眸
   晴江日暖鴛鴦並, 碧落雲銷翡翠遊
   好是同心雙綰結, 莫將紈扇怨清秋

8. 今夕何夕, 見此仙姝
   花顏何婥妁, 絳脣似櫻珠
   風騷尤巧妙, 易安當含糊
   織女投機下天津, 嫦娥抛杵離清都
   靚粧照此玳瑁筵, 羽觴交飛清讌娛
   㺚雨尤雲雖未慣, 淺斟低唱相怡愉
   自喜誤入蓬萊島, 對此仙府風流徒

瑤漿瓊液溢芳樽, 瑞腦霧噴金猊爐

白玉床前香屑飛, 微風撼波青莎廚

眞人會我合卺巵, 綵雲冉冉相縈紆

君不見文簫遇彩鸞, 張碩逢杜蘭

人生相合定有緣, 會須擧白相闌珊

娘子何爲出輕言, 道我奄棄秋風紈

世世生生爲配耦, 花前月下相盤桓

9. 冥數有限, 慘然將別

願我良人, 無或踈闊

哀哀父母, 不我匹兮

漠漠九原, 心糾結兮

이생이 담 너머를 엿보다

이생규장전(李生窺牆傳)

---

1. 獨倚紗窓刺繡遲, 百花叢裏囀黃鸝

無端暗結東風怨, 不語停針有所思

路上誰家白面郎, 靑衿大帶映垂楊

何方可化堂中燕, 低掠珠簾斜度墻

2. 巫山六六霧重回, 半露尖峰紫翠堆
   惱却襄王孤枕夢, 肯爲雲雨下陽臺

   相如欲挑卓文君, 多少情懷已十分
   紅粉墻頭桃李艶, 隨風何處落繽紛

   好因緣邪惡因緣, 空把愁腸日抵年
   二十八字媒已就, 藍橋何日遇神仙

3. 桃李枝間花富貴, 鴛鴦枕上月嬋娟

4. 他時漏洩春消息, 風雨無情亦可憐

5. 曲欄下壓芙蓉池, 池上花叢人共語
   香霧霏霏春融融, 製出新詞歌白紵
   月轉花陰入氍毹, 共挽長條落紅雨
   風攪淸香香襲衣, 賈女初踏春陽舞
   羅衫輕拂海棠枝, 驚起花間宿鸚鵡

6. 誤入桃源花爛熳, 多少情懷不能語
   翠鬟雙綰金釵低, 楚楚春衫裁綠紵
   東風初拆並帶花, 莫使繁枝戰風雨
   飄飄仙袂影婆婆, 叢桂陰中素娥舞
   勝事未了愁必隨, 莫製新詞教鸚鵡

7. 何人筆端有餘力, 寫此江心千疊山

壯哉方壺三萬丈，半出縹緲烟雲間
遠勢微茫幾百里，近見崒崔青螺鬟
滄波淼淼浮遠空，日暮遙望愁鄉關
對此令人意蕭索，疑泛湘江風雨灣

8. 幽篁蕭颯如有聲，古木偃蹇如有情
　　狂根盤屈惹莓苔，老幹夭矯排風雷
　　胸中自有造化窟，妙處豈與傍人說
　　韋偃與可已爲鬼，漏洩天機知有幾
　　晴窗嗒然淡相對，愛看幻墨神三昧

9. 芙蓉帳暖香如縷，窗外霏霏紅杏雨
　　樓頭殘夢五更鐘，百舌啼在辛夷塢

　　燕子日長閉閣深，懶來無語停金針
　　花底雙雙蛺蝶飛，爭趁落花庭院陰

　　嫩寒輕透綠羅裳，空對春風暗斷腸
　　脈脈此情誰料得，百花叢裏舞鴛鴦

　　春色深藏黃四家，深紅淺綠映窗紗
　　一庭芳草春心苦，輕揭珠簾看落花

10. 小麥初胎乳燕斜，南園開遍石榴花
　　綠窗兒女幷刀饗，擬試紅裙剪紫霞

　　黃梅時節雨籬纖，鷃囀槐陰燕入簾

又是一年風景老,　楝花零落笋生尖

手拈靑杏打鸎兒,　風過南軒日影遲
荷葉已香池水滿,　碧波深處浴鸂鶒

藤床筠簟浪波紋,　屛畵瀟湘一抹雲
懶慢不堪醒午夢,　半窓斜日欲西曛

11. 秋風策策秋露凝,　秋月娟娟秋水碧
　　一聲二聲鴻鴈歸,　更聽金井梧桐葉

　　床下百虫鳴喞喞,　床上佳人珠淚滴
　　良人萬里事征戰,　今夜玉門關月白

　　新衣欲製剪刀冷,　低喚丫兒呼熨斗
　　熨斗火銷全未省,　細撥秦箏又搔首

　　小池荷盡芭蕉黃,　鴛鴦瓦上粘新霜
　　舊愁新恨不能禁,　況聞蟋蟀鳴洞房

12. 一枝梅影向窓橫,　風緊西廊月色明
　　爐火未銷金筋撥,　旋呼丫髻換茶鐺

　　林葉頻驚半夜霜,　回風飄雪入長廊
　　無端一夜相思夢,　都在氷河古戰場

　　滿窓紅日似春溫,　愁鎖眉峯著睡痕
　　膽瓶小梅腮半吐,　含羞不語繡雙鴛

剪剪霜風掠北林, 寒鳥啼月正關心
燈前爲有思人淚, 滴在穿絲小挫針

13. 破鏡重圓會有時, 天津烏鵲助佳期
從今月老纏繩去, 莫向東風怨子規

14. 惡因緣是好因緣, 盟語終須到底圓
共輓鹿車何日是, 倩人扶起理花鈿

15. 干戈滿目交揮處, 玉碎花飛鴛失侶
殘骸狼籍竟誰埋, 血汚遊魂無與語

高唐一下巫山女, 破鏡重分心慘楚
從玆一別兩茫茫, 天上人間音信阻

_____

부벽정에서 취하여 놀다
취유부벽정기(醉遊浮碧亭記)

_____

1. 不堪吟上浿江亭, 嗚咽江流腸斷聲
故國已銷龍虎氣, 荒城猶帶鳳凰形
汀沙月白迷歸鴈, 庭草烟收點露螢
風景蕭條人事換, 寒山寺裏聽鐘鳴

帝宮秋草冷淒淒, 回磴雲遮徑轉迷
妓館故基荒薺合, 女墻殘月夜烏啼
風流勝事成塵土, 寂寞空城蔓蒺藜
唯有江波依舊咽, 滔滔流向海門西

浿江之水碧於藍, 千古興亡恨不堪
金井水枯垂薜荔, 石壇苔蝕擁檉楠
異鄉風月詩千首, 故國情懷酒半酣
月白倚軒眠不得, 夜深香桂落毿毿

中秋月色正嬋娟, 一望孤城一悵然
箕子廟庭喬木老, 檀君祠壁女蘿緣
英雄寂寞今何在, 草樹依稀問幾年
唯有昔時端正月, 淸光流彩照衣邊

月出東山烏鵲飛, 夜深寒露襲人衣
千年文物衣冠盡, 萬古山河城郭非
聖帝朝天今不返, 閑談落世竟誰依
金轝麟馬無行迹, 輦路草荒僧獨歸

庭草秋寒玉露凋, 靑雲橋對白雲橋
隋家士卒隨鳴瀨, 帝子精靈化怨蜩
馳道煙埋香輦絶, 行宮松偃暮鐘搖
登高作賦誰同賞, 月白風淸興未消

2. 東亭今夜月明多, 淸話其如感慨何
   樹色依稀靑蓋展, 江流瀲瀲練裙拖

光陰忽盡若飛鳥，世事屢驚如逝波
此夕情懷誰了得，數聲鐘磬出煙蘿

故城南望浿江分，水碧沙明叫鴈群
麟駕不來龍已去，鳳吹曾斷土爲墳
晴嵐欲雨詩圓就，野寺無人酒半醺
忍看銅駝沒荊棘，千年蹤跡化浮雲

草根咽咽泣寒螿，一上高亭思渺茫
斷雨殘雲傷往事，落花流水感時光
波添秋氣潮聲壯，樓蘸江心月色涼
此是昔年文物地，荒城疎樹惱人腸

錦繡山前錦繡堆，江楓掩映古城隈
丁東何處秋砧苦，欸乃一聲漁艇回
老樹倚巖緣薜荔，斷碑橫草惹莓苔
憑欄無語傷前事，月色波聲摠是哀

幾介疎星點玉京，銀河淸淺月分明
方知好事皆虛事，難卜他生遇此生
醲醁一樽宜取醉，風塵三尺莫嬰情
英雄萬古成塵土，世上空餘身後名

夜知何其夜向闌，女墻殘月正團團
君今自是兩塵隔，遇我却賭千日歡
江上瓊樓人欲散，階前玉樹露初溥
欲知此後相逢處，桃熟蓬丘碧海乾

3. 月白江亭夜, 長空玉露流

   淸光蘸河漢, 灝氣被梧楸

   皎潔三千界, 嬋娟十二樓

   纖雲無半點, 輕颭拭雙眸

   激灔隨流水, 依稀送去舟

   能窺蓬戶隙, 偏映荻花洲

   似聽霓裳奏, 如看玉斧修

   蚌珠胚貝闕, 犀暈倒蟾浮

   願與知微甔, 常從公遠遊

   芒寒驚魏鵲, 影射喘吳牛

   隱隱靑山郭, 團團碧海陬

   共君開鑰匙, 乘興上簾鉤

   李子停盃日, 吳生斫桂秋

   素屛光粲爛, 紈幄細雕鎪

   寶鏡磨初掛, 冰輪駕不留

   金波何穆穆, 銀漏正悠悠

   拔劍妖蟆斫, 張羅狡兎罦

   天衢新雨霽, 石逕淡煙收

   檻壓千章木, 階臨萬丈湫

   關河誰失路, 鄕國幸逢儔

   桃李相投報, 罍觴可獻酬

   好詩爭刻燭, 美酒剩添籌

   爐爆烏銀片, 鐺飜蟹眼漚

   龍涎飛睡鴨, 瓊液滿癭甌

   鳴鶴孤松警, 啼螀四壁愁

胡床殷瘦話, 晉渚謝袁遊

彷彿荒城在, 蕭森草樹稠

青楓搖湛湛, 黃葦冷颼颼

仙境乾坤闊, 塵間甲子遒

故宮禾黍穗, 野廟梓桑樛

芳臭遺殘碢, 興亡問泛鷗

纖阿常仄滿, 累塊幾蜉蝣

行殿爲僧舍, 前王葬虎丘

螢燐隔幔小, 鬼火傍林幽

弔古多垂淚, 傷今自買憂

檀君餘木覓, 箕邑只溝婁

窟有麒麟跡, 原逢鼎慎鍭

蘭香還紫府, 織女駕蒼虯

文士停花筆, 仙娥罷坎堠

曲終人欲散, 風靜櫓聲柔

4. 雲雨陽臺一夢間, 何年重見玉簫環
　　江波縱是無情物, 嗚咽哀鳴下別灣

용궁 잔치에 초대받다

용궁부연록(龍宮赴宴錄)

1. 抛梁東, 紫翠岩嶪撑碧空

   一夜雷聲喧繞澗, 蒼崖萬仞珠玲瓏

   抛梁西, 徑轉巖廻山鳥啼

   湛湛深湫知幾丈, 一泓春水似玻瓈

   抛梁南, 十里松杉橫翠嵐

   誰識神宮宏且壯, 碧琉璃底影相涵

   抛梁北, 曉日初升潭鏡碧

   素練橫空三百丈, 翻疑天上銀河落

   抛梁上, 手捫白虹遊莽蒼

   渤海扶桑千萬里, 顧視人寰如一掌

   抛梁下, 可惜春疇飛野馬

   願將一滴靈源水, 四海便作甘雨灑

2. 青山兮蒼蒼, 碧潭兮汪汪

   飛澗兮泱泱, 接天上之銀潢

   若有人兮波中央, 振環珮兮琳琅

   威炎赫兮煌煌, 羌氣宇兮軒昂

   擇吉日兮辰良, 占鳳鳴之鏘鏘

有翼兮華堂, 有祥兮靈長

招文士兮製短章, 歌盛化兮擧脩梁

酌桂酒兮飛羽觴, 輕燕回兮踏春陽

獸口噴兮瑞香, 豕服沸兮瓊漿

擊魚鼓兮郎當, 吹龍笛兮趣蹌

神儼然而在床, 仰至德兮不可忘

3. 若有人兮山之阿, 披薛荔兮帶女蘿

日將暮兮清波, 生細紋兮如羅

風飄飄兮鬢鬖髿, 雲冉冉兮衣婆娑

周旋兮委蛇, 巧笑兮相過

損余裸兮鳴渦, 解余環兮寒沙

露泹兮庭莎, 煙暝兮嶔崼

望遠峯之嶙嶒, 若江上之青螺

疏擊兮銅羅, 醉舞兮傞傞

有酒兮如沱, 有肉兮如坡

賓旣醉兮顏酡, 製新曲兮酣歌

或相扶兮相拖, 或相拍兮相呵

擊玉壺兮飲無何, 清興闌兮哀情多

4. 管絃聲裏傳觴, 瑞麟口噴青龍腦

橫吹片玉一聲, 天上碧雲如掃

響激濤, 曲翻風月, 景閑人老

悵光陰似箭, 風流若夢, 歡娛又生煩惱

西嶺綵嵐初散, 喜東峯冰盤凝灝

舉杯爲問, 靑天明月, 幾看醜好

酒滿金罍, 人頹玉岫, 誰人推倒

爲佳賓, 脫盡十載雲泥壹鬱, 快登蒼昊

5. 依江海以穴處兮, 吐氣宇與虎爭

身九尺而入貢, 類十種而多名

喜神王之嘉會, 羌頓足而橫行

愛淵潛以獨處, 驚江浦之燈光

匪酬恩而泣珠, 非報仇而橫槍

嗟濠梁之巨族, 笑我謂我無腸

然可比於君子, 德充腹而內黃

美在中而暢四支兮, 螯流玉而凝香

羌今夕兮何夕, 赴瑤池之霞觴

神矯首而載歌, 賓旣醉而彷徨

黃金殿兮白玉床, 傳巨觥兮咽絲簧

弄君山三管之奇聲, 飽仙府九盌之神漿

山鬼趠兮翶翔, 水族跳兮騰驤

山有榛兮濕有苓, 懷美人兮不能忘

6. 依山澤以介處兮, 愛呼吸而長生

生千歲而五聚, 搖十尾而最靈

寧曳尾於泥途兮, 不願藏乎廟堂

匪鍊丹而久視, 非學道而靈長

遭聖明於千載, 呈瑞應之昭彰

我爲水族之長兮, 助連山與歸藏

負文字而有數兮, 告吉凶而成策
然而多智有所危困, 多能有所不及
未免剖心而灼背兮, 侶魚蝦而屏迹
羌伸頸而舉踵兮, 預高堂之燕席
賀飛龍之靈變, 玩吞龜之筆力
酒旣進而樂作, 羌歡娛兮無極
擊鼉鼓而吹鳳簫兮, 舞潛虯於幽壑
集山澤之魑魅, 聚江河之君長
若溫嶠之燃犀, 慙禹鼎之罔象
相舞蹈於前庭, 或謔笑而撫掌
日欲落兮風生, 魚龍翔兮波瀚決
時不可兮驟得, 心矯厲而慨慷

7. 神龍在淵, 或躍于天
   於千萬年, 厥祚延綿
   卑禮招賢, 儼若神仙
   甄彼新篇, 珠玉相聯
   琬琰以鐫, 千載永傳
   君子言旋, 開此瓊筵
   歌以採蓮, 妙舞蹁翩
   伐鼓淵淵, 和彼繁絃
   一棹舼舡, 鯨吸百川
   揖讓周旋, 樂且無愆

8. 碧海朝宗勢未休, 奔波汨汨負輕舟

雲初散後月沈浦, 潮欲起時風滿洲
日暖龜魚閑出沒, 波明鳧鴨任沈浮
年年觸石多鳴咽, 此夕歡娛蕩百憂

9. 五花樹影蔭重茵, 籩豆笙簧次第陳
雲母帳中歌宛轉, 水晶簾裏舞逡巡
神龍豈是池中物, 文士由來席上珍
安得長繩繫白日, 留連泥醉艶陽春

10. 神王酩酊倚金床, 山靄霏霏已夕陽
妙舞偓佺迴錦袖, 清歌細細遶雕梁
幾年孤憤飜銀島, 今日同歡擧玉觴
流盡光陰人不識, 古今世事太悤忙

11. 天磨高出漢, 巖溜遠飛空
直下穿林壑, 奔流作巨淙
波心涵月窟, 潭底悶龍宮
變化留神迹, 騰拏建大功
氤氳生細霧, 駘蕩起祥風
碧落分符重, 靑丘列爵崇
乘雲朝紫極, 行雨駕靑驄
金闕開佳燕, 瑤階奏別鴻
流霞浮茗椀, 湛露滴荷紅
揖讓威儀重, 周旋禮度豐
衣冠文燦爛, 環珮響玲瓏

魚鼈來朝賀，江河亦會同

靈機何恍惚，玄德更淵沖

苑擊催花鼓，樽垂吸酒虹

天姝吹玉笛，王母理絲桐

百拜傳醪醴，三呼祝華嵩

煙沈霜膚果，盤映水晶蔥

珍味充喉潤，恩波浹骨融

還如湌沆瀣，宛似到瀛蓬

歡罷應相別，風流一夢中

작품 해설

　대다수 사람들이 『금오신화』를 우리나라 최초의 소설로 인식하고 있다. 그 사실 여부에 대해서는 이견이 존재하지만 그만큼 우리 소설사의 첫머리에서 『금오신화』가 차지하는 비중이 크다는 것은 부인할 수가 없다. 정통 유학과 관련된 글쓰기만이 가치를 인정받고 소설이라는 장르는 아직 생소했던 시절에 가공의 이야기를 통해 자신의 생각을 펼쳐 보이고자 한 김시습의 도전 자체가 선진적이다.

　그런데 대중이 『금오신화』에 '최초'라는 수식을 붙여 중요한 작품으로 기억하고 있는 것과는 별개로 그 내용을 얼마나 알고 있는가에 대해서는 긍정적인 답을 기대하기 힘들어 보인다. 작품에 대한 대중의 평가가 감상에서 비롯된 것이 아니라 문학사적인 단편적 서술에 기대어 이루어진 것이기 때문이다. 다시 말해 『금오신화』의 중요성을 알고 있는 다수의 사람 중에 실제로 이 작품을 읽어 본 독자들은 극히 소수에 불과하다는 것이다. 따라서 많은 사람들이 『금오신화』를 귀신과의 사랑을 다룬 허무맹랑하고 비현실적인 옛날이야기 정도로 치부하곤 한다.

그런 점에서 작품과 직접 대면하고자 한 이 책의 독자들에게 경의를 표한다. 『금오신화』는 그리 쉽게 읽히는 작품이 아니다. 작품 이해에 보탬이 되기를 바라며 『금오신화』와 관련된 몇 가지 이야기들을 덧붙인다.

불우한 천재 김시습

『금오신화』의 작가 김시습은 소설 내용만큼이나 극적인 인생을 살다 간 인물로 알려져 있다. 역사의 소용돌이에 휘말려 재능과 포부를 펼칠 기회를 놓쳐 버린 채 기이한 행적을 일삼았던 김시습 자체가 큰 관심거리이자 이야깃거리가 되었던 정황을 그와 관련된 수많은 야사나 설화 등을 통해 확인할 수 있다. 그중 상당수는 김시습을 비현실적 인물로 신비화하기도 하지만 이 역시 어느 정도는 그의 독특한 행적과 관련이 있으므로 전혀 허무맹랑하다고만은 할 수 없다. 이처럼 평범하지 않은 생애를 살다 간 김시습의 면모를 살펴보는 일은 그의 독특한 작품 세계를 이해하는 데에도 도움이 될 것이다.

김시습은 1435년 서울에서 태어났다. 어려서부터 신동으로 이름을 떨쳐 세종대왕에게까지 소개되었다는 일화는 너무나 유명하다. 일설에 의하면 여덟 달 만에 글을 읽어 일가 어른이 '학이시습지불역열호(學而時習之不亦說乎)'의 자구를 따서 '시습(時習)'이라 이름을 지어 주었다고 한다. 다섯 살 때 이미 문리를 통달하여 '오세(五歲)'라는 별명을 얻었는데 이는 '오세(悟歲)'와 발음이 같아 '다섯 살 아이가 깨달음을 얻은 해'라는 뜻으로 그렇게 부른 것이다. 또한 남들은 성인식에 즈음하여 얻게 되는 자(字)를 이미 이때 얻어서 이름 대신 '열경(悅卿)'이라고 불리기도 하였다.

그러나 이처럼 유명세를 타며 일찍부터 사회적 성공이 보장된 듯 보이던 것과는 달리 그의 정치적 행로에는 큰 불운이 뒤따랐다. 그의 생애를 평생 방랑의 길로 이끈 사건은 세조의 왕위 찬탈이었다. 당시 중흥사에서 과거 준비를 하던 김시습은 이 소식을 듣자 의롭지 못한 세상을 탄식하며 책을 불사르고 승려의 행색을 한 채 세상을 주유(周遊)하기로 결심한다. 현실 정치에서 자신의 이상을 펼치는 게 불가능함을 깨닫고 더 넓은 세상을 자유롭게 노닐고자 한 것이다. 그는 스스로를 '방외인(方外人)'이라 칭하면서 세상의 격식들을 무시한 채 기괴한 행동도 서슴지 않았으므로 때로는 미치광이라는 손가락질을 받기도 했다.

이십 대에 관서, 관동, 영남, 호남 등을 두루 유람하며 세상을 경험하고 학문을 심화하게 되는데 얽매인 데 없이 자유로웠던 그의 삶만큼이나 그의 사상 역시 유(儒)·불(佛)·도(道) 어느 곳에도 귀속되지 않는 독특함을 드러낸다. 율곡 이이가 김시습의 전(傳)을 지어 '심유적불(心儒跡佛)', 즉 '행적은 불교의 승려로 살았으나 마음은 유학자였다.'라고 표현한 바 있지만 이는 김시습의 경계를 넘나드는 사상적 경지를 드러내기에는 부족한 표현이라 하겠다. 그는 종파의 구별을 중시하지 않는 대신 체득한 사상을 실천하는 것이 중요함을 설파하였다.

김시습이 시대를 잘못 만나 관리로서 이름을 떨치고 정치적 이상을 펼치는 데 실패하였다는 점에서는 불우한 천재의 안타까운 면모를 확인할 수 있으나 역설적이게도 이처럼 불우한 현실이 그를 우리 문학사나 사상사에 우뚝한 거장으로 재탄생하게 하는 밑거름이 되었다. 현실의 제약이 오히려 현실에 안주하지 않고 그 벽을 넘어서는 계기를 마련해 주었고, 유가 관리로서의 정계 진출이 좌절되자 유교를 넘어서 더 큰 사유를 할 수 있는 길이 열렸다. 따라서 김시습에게 불우한 천재라는 수식어를 부여하는 것은 한편으로는 타당하면서도 또 한편으로는 부적절해 보인다. 김시습 자신도 이러한 이중성을 감지한 채 평생을 살았으리라 생각된다. 그가 똥통에 빠지는 등의 기행을 연출했을 때 이는 부조리한 세상에 대한 조롱이자 울분의 표현임과 동시에 격식과 구속을 벗어 버린 자유인으로서의 가장 통쾌한 자기표현은 아니었을까?

금오신화의 탄생

『금오신화』가 언제 어디서 창작되었는지에 대해서는 정확히 알려져 있지 않다. 그러나 김시습이 삼십 대에 약 칠 년 동안 경주 금오산에 머물렀기 때문에 이 시기에 작품을 썼고 금오산의 이름을 따서 제목을『금오신화』라 했을 것이라고 보는 견해가 지배적이다.『금오신화』는 완성 초기에는 널리 읽혀 당대인들 사이에 꽤 알려졌던 듯하다. 몇몇 문헌들을 통해 그 흔적을 발견할 수 있다.

　그러나 조선 중기 이후에는 희귀본이 되어 쉽게 구해 읽을 수 없었던 것 같다. 오히려 일본으로 건너간 작품이 1660년대에 수차례에 걸쳐 목판본으로 간행되었고 이것이 1884년 동경에서 재간행되었는데 이를 최남선이 1927년에 잡지 《계명》에 수록함으로써 비로소 국내에서 다시 『금오신화』에 대한 관심이 불붙기 시작하였다. 이후 1999년에 중국의 대련도서관에서 임진왜란 이전에 조선에서 간행된 목판본 『금오신화』가 발견되어 일본 목판본보다 이른 시기에 조선에서도 이 작품을 간행하였음이 확인되었다. 조선에서 간행된 목판본과 일본에서 간행된 목판본 사이에 글자의 차이는 있으나 이는 대부분 이체자로서 작품의 내용에는 영향을 미치지 않는다.

　그런데 조선본과 일본본 모두 작품의 말미에 '갑집(甲集)'이라는 기록이 남아 있어 이 작품이 '을집(乙集)', '병집(丙集)'처럼 여러 권 중의 하나였을 가능성도 제기되고 있다. 이것이 사실이라면 『금오신화』는 현재 전하는 다섯 편보다 더 많은 작품으로 이루어졌을 것이다. 그러나 현재로서는 이를 확인할 수 있는 더 이상의 증거를 발견하지 못한 상태이다.

　흔히 『금오신화』를 명나라 구우(瞿佑)가 지은 『전등신화』의 모방작이라고 알고 있다. 권문해(1534~1591)가 『대동운부군옥』이라는 책에서 김시습이 『전등신화』를 본받아 『금오신화』를 지었다고 언급한 이래 이 말이 정설처럼 굳어졌던 것이다. 『전등신화』는 스무 편의 이야기로 구성된 전기소설(傳奇小說)이다. 전기소설이란 소설 장르 중의 하나로서 주로 기이한 이야기를 다루는데 『전등신화』의 이야기들 역시 귀신과의 사랑 등 비현실적이고 신기한 내용들로 이루어져 있다. 이 소설이 당대 조선에서도 널리 읽혔던 것으로 보이며 김시습 역시 『전등신화』를 읽고 그에 관한 시를 남겨 놓았다. 따라서 소설 양식과 소재적인 측면에서 『금오신화』가 어느 정도 『전등신화』의 영향을 받았던 것을 부인할 수는 없다. 그러나 이는 문학사에서 흔히 발견되는 자연스러운 영향 관계일 뿐이므로 이를 두고 모방작 운운하는 것은 너무 과도하고 성급한 태도라 하겠다.

두 작품이 인간과 귀신의 사랑 이야기를 그리고 있다는 점에서는 공통적이지만 이를 통해 삶과 죽음의 문제를 다루는 데 있어서는 큰 차이를 보인다. 『전등신화』에서는 인간과 귀신이 만나 사랑을 나누는 과정에서 현실 세계와 별다른 갈등을 일으키지 않으며 주위 사람들과도 좋은 관계를 유지한다. 이는 작가가 삶과 죽음의 문제를 철학적인 차원에서 진지하게 인식하기보다는 유희적인 차원에서 재미있는 이야깃거리로 취급하는 것과 관련된다. 이에 비해 『금오신화』의 경우에는 귀신과의 사랑 이야기를 재미있는 소재 정도로 다루는 것이 아니라 이를 통해 죽음의 문제와 현실적 인간의 유한성 등을 성찰하고자 한다. 이처럼 『금오신화』가 소재적인 차원에서는 『전등신화』와 유사점을 지니고 있다고 할지라도 주제나 작가의식에서는 확연한 차이를 드러내므로 김시습이 조선 사회의 현실을 고민하는 가운데 자신의 문제의식을 담아 독창적으로 창작해 낸 작품임을 잊지 말아야 할 것이다.

여럿이면서 하나인 『금오신화』

『금오신화』는 총 다섯 편의 이야기로 구성되어 있다. 각각의 이야기가 자체적으로 완결된 서사구조를 지니고 있어 개별적으로 독립된 작품이다. 그러면서도 『금오신화』라는 이름으로 한 작품집 안에 묶여 있기 때문에 각 작품들 사이에 어떤 공통점이 존재하는가 하는 점이 지속적으로 탐구되어 왔다. 이는 작가 김시습이 『금오신화』를 통해 궁극적으로 이야기하고자 하는 것이 무엇인가에 대한 궁금증과도 관련된다.

이러한 궁금증을 풀어 가기 위해 『금오신화』가 지니는 특성들을 살펴볼 필요가 있다. 우선 『금오신화』에 수록된 작품들은 우리나라의 시공간을 배경으로 삼고 있다. 남원(「만복사저포기」), 송도(「이생규장전」), 평양(「취유부벽정기」), 경주(「남염부주지」), 송도(「용궁부연록」) 등의 지명과 홍건적과 왜구의 침입 등의 역사적 사실이 작품 속에 제시된다. 상당수의 고전소설들이 중국을 배경으로 이야기를 펼쳐 나가고 있다는 점을 고려할 때 이처럼 우리나라의 구체적 공간과 역사적 사건들이 등장하는 것은 이 작품이 그만큼 우리나라의 구체적 현실과 관련을 맺고 있음을 뜻하는 것이다. 따라서 작품의 내용이 비현실적 상황을 다루고 있다고 할지라도 그것이 내포하는 바는 현실적 삶의 어떤 진실을 포착하고자 하는 것임을 짐작할 수 있다. 바로 그 진실이 무엇인지를 헤아려 보는 것이 독서 과정에서의 고민이자 즐거움이라 하겠다.

『금오신화』에 공통적으로 드러나는 또 다른 특징은 비현실적인 내용들을 다루고 있다는 것이다. 귀신과의 사랑 이야기

(「만복사저포기」, 「이생규장전」)나 선녀와의 만남(「취유부벽정기」), 저승 여행(「남염부주지」), 용궁으로의 초대(「용궁부연록」) 등은 현실적 사고로는 받아들이기 힘든 내용들이다. 그러나 그 이야기들을 완전히 허무맹랑한 상상이라고 치부하기에는 그 비현실적 사건들에 반응하는 주인공들의 태도가 너무도 진지하고, 그 진지함을 통해 전해지는 현실의 비극성이 가슴을 울린다. 그 비현실적인 이야기들을 그저 흥미로운 판타지 정도로 가볍게 즐길 수 없게 만드는 것이 『금오신화』가 지닌 매력이면서 『전등신화』와 차별화되는 점이다.

『금오신화』의 모든 이야기들은 '만남'을 중심 구조로 삼고 있다. 그것도 현실 세계와 비현실 세계 인물 사이의 만남을 다루고 있다. 현실 세계의 남성 주인공들이 비현실 세계의 여성들을 만나 사랑에 빠지기도 하고, 염라대왕이나 용왕처럼 비현실 세계의 지도자들을 만나 대화를 나누기도 한다. 그런데 이러한 만남 이후 이들은 예전의 생활을 지속하지 못하고 죽음의 길을 가거나 속세를 떠나 자취를 감추어 버린다. 비일상적이고 특별한 경험으로부터 받은 충격과 존재론적 각성이 주인공들의 일상을 뒤흔들어 놓은 것이다. 그들이 깨달은 것이 무엇인지가 작품 속에 분명히 나타나지는 않는다. 그들의 마음을 되짚어 보는 일, 그리고 깨달음의 행로를 추적해 보는 일이 김시습이 우리에게 던지는 과제가 아닐까?

「만복사저포기」부터 「용궁부연록」에 이르기까지 다섯 작품의 주인공들은 모두 현실 생활에서 행복감을 느끼지 못하는 존재들이다. 이들을 불행하게 만드는 요소가 부조리한 현실에 대한 자각이든, 자신의 소망을 좌절시키는 현실적 장벽에 대한 실망이든지 간에 이들이 세계와 화합하지 못하고 방황하는 모습은 당대 소외된 지식인의 고뇌를 보여 주는 것이다. 이 고뇌는 평생을 방외인으로 자처한 김시습 자신의 내면을 반영하는 것이면서 어느 시기를 막론하고 이상과 현실의 불일치를 경험하며 괴로워하는 비판적 지식인들의 고민을 대변하는 것이기도 하다.

김시습은 현실 참여적 성향이 강한 인물이었다. 비록 청운의 꿈을 접고 현실 정치에 참여하지는 않았지만 그렇다고 세상을 등진 것은 아니었다. 오히려 방랑을 통해 더 넓은 시각으로 세상을 바라보고 백성의 처지를 이해하고자 하였다. 또한 철학적 성향으로 미루어 볼 때 현실을 넘어서는 다른 세계를 인정하지도 않았다. 그에게 중요한 의미를 지니는 것은 발을 딛고 서서 살아 숨 쉬는 현실 자체였다. 그런데 그러한 김시습이 비현실적 세계를 동원하여 작품을 창조한 사실이 의아하다. 자신이 인정하지 않는 세계를 끌어들여 그가 이야기하려고 했던 것은 무엇일까?

작품에 등장하는 비현실 세계는 현실 세계를 비추는 거울이라 할 수 있다. 그 거울을 통해 현실의 불완전하고 이지러진 모습이 반추된다. 그러나 불완전할지라도 실존을 가능케 하는 것은 현실이다. 김시습에게 있어서 비현실 세계는 허상일 뿐이므로 현실의 대체물이 될 수 없다. 이 때문에 작품은 주인공이 죽거나 간 곳을 모르는 상태로 종결될 뿐 그 너머의 상태에 대해서는 언급하지 않는다. 이 점이 『금오신화』가 지니는 비극성을 더 두드러지게 하면서 읽는 이에게 묵직한 울림을 전해 주는 것이다. 즉 치열하게 현실을 살다간 김시습이 남겨 놓은 다

섯 편의 이야기는 비현실 세계를 다루고 있지만 역설적으로
이를 통해 현실을 직시하고자 한다는 점에서 여러 겹의 의미망
을 지니며 세대를 거듭하여 생각할 거리를 제공한다고 하겠다.

작가 연보

1435년(세종17년) 서울 성균관 북쪽 반궁리(泮宮里)에서 출생. 아버지는 김일성(金日省), 어머니는 선사(仙槎) 장씨(張氏)이며 본관은 강릉(江陵)이다. 태어난 지 여덟 달만에 글을 알기 시작했다 하는데 집안 어른 최치운(崔致雲)이 그의 비상함을 알아 보고 시습(時習)이라는 이름을 지어 주었다.

1437년(세종19년) 3세, 시를 짓기 시작하였으며 『유학(幼學)』, 『소학(小學)』 등을 공부했다.

1439년(세종21년) 5세, 세종(世宗)이 승정원을 시켜 김시습을 시험한 뒤, 능력을 칭찬하여 비단을 하사하였으며, 이에 오세(五歲)라는 별명으로 알려지게 되었다. 이후 모친의 정성으로 선비들이 모여 사는 동네로 이사를 가서 13세까지 이계전, 김반, 윤상에게 사서삼경(四書三經)을 배우고 역사서와 제자백가서를 독학

했다.

1449년(세종31년)　15세, 어머니가 돌아가셔서 크게 상심했다.

1452년(문종2년)　18세, 어머니의 묘소가 있는 시골로 내려가 외숙모의 보호를 받으며 삼년상을 치렀다. 그러나 곧이어 김시습을 돌보아 주던 외숙모마저 돌아가시고 아버지가 계모를 맞아들였다. 김시습은 훈련원 도정 남효례의 딸과 혼인하고 서울에 올라와 과거 공부를 시작했다.

1453년(단종원년)　19세, 봄에 과거에 응시했으나 낙방하고, 삼각산 중흥사(重興寺)에 공부하러 들어갔다. 절에서 단종(端宗)의 양위 사실을 전해 듣고는 통곡 끝에 책을 불사르고 머리를 깎은 후 방랑길에 올랐다.

1456년(세조2년)　22세, 복계산 초막동에서 반체제 인사들과 어울리다가 성삼문, 박팽년 등이 단종을 복위시키려다 처형되는 것을 보게 되었다. 위험을 무릅쓰고 새남터에 버려진 박팽년, 유응부, 성삼문 등 사육신의 시신을 거두어 노량진에 묻었다. 이 시기에 단종을 그리며「자규사(子規詞)」를 지어 불렀다.

1458년(세조4년)　24세, 함께 어울리던 인사들과 더불어 정몽주, 이색, 길재의 초혼제를 지낸 장소인 공주 동학사(東鶴寺)를 찾아가 사육신을 위한 초혼제를 지냈다. 얼마 후 단종이 죽자 다시 동학사에서 단종의 초혼제를 지냈다. 친우들과 헤어져 승려 차림으로 관서 지방을 유람하면서 학문과 유교, 불교에 대해 토론했다. 이후 관서 지방을 유람하면서 남긴 기록들을 모아『유관서록(遊關西錄)』을 엮었다.

1459년(세조5년)　　25세, 송림사를 돌아본 후 관동 지방을 유람했다. 금강산 등을 돌아보고 다시 서울 근처로 돌아와 그 일대의 절들을 옮겨 다녔다. 이 시기에『원각경(圓覺經)』을 읽고 깨달음을 얻고, 고승 해사(海師)에게 불경 강해(講解)를 듣고 감명을 받았다.

1460년(세조6년)　　26세, 관동지방을 유람하면서 쓴 시들을 모아『유관동록(遊關東錄)』을 엮고 호서 지방을 유람했다.

1461년(세조7년)　　27세, 백제의 역사를 되돌아보고「영백제고사(咏百濟故事)」를 지었다.

1462년(세조8년)　　28세, 경주에 이르러 정착할 결심을 하고 금오산(金鰲山) 중턱 용장사(茸長寺)에 머물렀다. 화쟁대사(和諍大師) 원효(元曉)의 비(碑)를 보고「무쟁비(無諍碑)」를 지었다.

1463년(세조9년)　　29세, 경주의 유적을 돌아보거나 직접 차를 재배하면서 지내며『유호남록(遊湖南錄)』을 엮었다. 효령대군(孝寧大君)의 추천으로 서울에 올라가 열흘 동안 궁중의 내불당에 머물면서『묘법연화경(妙法蓮華經)』언해 사업에 참여했다.

1465년(세조11년)　　31세, 경주 용장사 부근에 금오산실(金鰲山室)을 짓고 정착하여 살았다. 다시 효령대군의 요청으로 원각사(圓覺寺) 낙성회에 참여하여「원각사찬시(圓覺寺讚詩)」를 지었다. 세조의 환도(還都) 명령을 받았으나 사양하고 37세 무렵까지 금오산에 머물면서 『금오신화(金鰲新話)』를 지었다.

1472년(성종3년)   38세, 서울로 돌아와 새 조정에서 임금을 보
필하고자 하는 포부를 가지고 경전을 다시 익혔다.
그러나 관직에 진출하고자 했던 꿈이 좌절되자 수
락산에 새로운 터전을 마련했다. 이 무렵 논변류 문
체를 연마하여 「고금제왕국가흥망론(古今帝王國家
興亡論)」, 「백성을 사랑하는 이치에 대하여(愛民義)」
등을 지었다.

1473년(성종4년)   39세, 금오산 시절에 지은 글들을 모아 『유금
오록(遊金鰲錄)』을 엮었다.

1475년(성종6년)   41세, 정업원(淨業院)에서 불경을 가르친 일
로 탄핵을 받았다. 일연(一然)의 사상을 계승하여
『십현담요해(十玄談要解)』를 지었다.

1480년(성종11년)   46세, 『황정경(黃庭經)』을 읽는 등 도교의 내
단, 의단 사상을 흡수하고 도가적 양생술에 관심을
가져 『주역참동계(周易參同契)』에 주목했다.

1481년(성종12년)   47세, 다시 머리를 기르고 할아버지와 아버지
의 제사를 지냈다. 환속 후 안 씨(安氏)의 딸과 혼인
하나 이듬해 아내가 죽고 조정에서는 폐비 윤 씨 사
건이 일어나자 다시 관동 지방으로 방랑길을 떠났다.

1487년(성종18년)   53세, 양양 부사 유자한과 친밀하게 교유하
다가 유자한의 청(請)으로 구황책에 관한 상소문을
대신 짓고, 유자한에게 『장자』를 가르쳤다. 유자한
이 주선한 여인을 돌려보내고, 벼슬에 나가라는 권
유도 사양했다.

1493년(성종24년)　59세, 부여 무량사에 머물면서 절에서 간행한 『묘법연화경』에 발문을 썼다. 이곳에서 병들어 59세의 나이로 세상을 떠났다.

1521년(중종16년)　이자(李耔)가 십 년에 걸쳐 자신이 수집한 김시습의 시문(詩文)을 모아 책을 만들고, 「매월당집서(每月堂集序)」를 썼다.

1582년(선조15년)　선조의 명(命)으로 『매월당집』이 편찬되었고, 이이(李珥)가 왕명을 받아 『김시습전』을 지었다.

1583년(선조16년)　이산해(李山海)가 「매월당집서(每月堂集序)」를 짓고, 이 무렵 운각(芸閣)에서 『매월당집』 시집 열다섯 권과 문집 여섯 권이 간행되었다.

1782년(정조6년)　이조판서에 추증되었다.

1784년(정조8년)　청간공(淸簡公)의 시호(諡號)를 받았다.

1927년　　　　　김시습의 후손 김봉기(金鳳起)가 『매월당집』 시집 15권 4책, 문집 6권 1책, 부록 2권 1책, 총 23권 6책을 신활자로 간행했다.

세계문학전집 **204**

금오신화

1판 1쇄 펴냄 2009년 4월 17일
1판 34쇄 펴냄 2023년 10월 25일

지은이 김시습
옮긴이 이지하
발행인 박근섭, 박상준
펴낸곳 (주)민음사

출판등록 1966. 5. 19. (제 16-490호)
서울특별시 강남구 도산대로1길 62(신사동) 강남출판문화센터 5층 (우편번호 06027)
대표전화 02-515-2000 팩시밀리 02-515-2007
www.minumsa.com

© 이지하, 2009. Printed in Seoul, Korea

ISBN 978-89-374-6204-7 04800
ISBN 978-89-374-6000-5 (세트)

세계문학전집 목록

세계문학전집은 계속 간행됩니다.